びいどろ金魚

江戸菓子舗照月堂

篠 綾子

時代小説文庫

JN151000

角川春樹事務所

目次

主な登場人物

瀬尾なつめ　菓子職人を志し、駒込の菓子舗「照月堂」で職人見習い中。京の武家に生まれるが、七歳のとき火事で父母を亡くし、兄・慶一郎は生死不明。以降、大休庵の主・了然尼に引き取られ、江戸駒込で暮らす。

照月堂久兵衛　菓子舗「照月堂」の主。若いうちに京で修業。菓子職人としての高みを目指す。父・市兵衛、女房のおまさ、子の郁太郎、亀次郎と暮らす。

市兵衛　「照月堂」の元主。現在は隠居。梅花心易《ばいかしんえき》という占いを嗜む好々爺《こうこうや》。

辰五郎　「照月堂」の元職人。独立し、本郷に「辰巳屋」を開くも、「照月堂」を商売敵とみる「氷川屋」の妨害に遭う。

氷川屋勘右衛門　上野にある菓子の大店《おおだな》「氷川屋」の主。久兵衛の菓子作りの腕前に脅威を感じ、「照月堂」を敵視する。

しのぶ　氷川屋勘右衛門の一人娘。幼い頃母を亡くす。父の強引なやり方を嫌っている。なつめとは仲のいい友。

菊蔵　「氷川屋」の職人。腕がよく、親方からも取り立てられている。

安吉　「照月堂」で働いていたが、その後久兵衛の紹介で京の菓子司《かしつかさ》「果林堂」で修業中。

びいどろ金魚

江戸菓子舗照月堂

第一話　桔梗屋桜餅

一

ついこの間まで肌寒さを含んでいた風も、二月半ばを過ぎれば暖かくなる。梅の花が終わり、桜の開花を待ち焦がれつつ、どことなくそわそわした気分になるこの時節――。

二月下旬のある日の昼過ぎ、照月堂《しょうげつどう》の主人久兵衛《きゅうべえ》は番頭の太助《たすけ》を伴い、出かけていた。この日は、店で売る菓子を抑え気味にし、八つ半（午後三時）頃にはすべてを売り切り、店も閉めてしまった。菓子作りの後、片付けと翌日の仕込みをしていた職人見習いのなつめも、同じ頃には手隙《てすき》となる。

厨房《ちゅうぼう》での仕事を終えると、なつめは久兵衛が用意しておいた菓子盆を仕舞屋《しもたや》へ運んだ。すぐに座敷へは行かず、まずは台所へ。そこでは、久兵衛の妻、おまさが菓子をのせる皿と麦湯を用意して待っていた。

菓子盆にかぶせられていた布巾《ふきん》をのけると、「あら、まあ」とおまさの口から溜息《ためいき》のような声が漏れる。

「前にお義父《とう》さんと二人で見せてもらった時、仰天したもんだけど……」

今でもやっぱり目がくらみそうになるわ――そう言って、おまさは微笑《ほほえ》んだ。なつめもにっこりと微笑み返す。

「坊ちゃんたち、吃驚《びつくり》なさるでしょうね。亀次郎《かめじろう》坊ちゃんは大はしゃぎなさると思います」

いや、しっかり者の兄郁太郎《いくたろう》とて、今日の菓子を見れば大はしゃぎするかもしれない。おまさもなつめも、子供たちの反応を見るのが楽しみだった。

久兵衛の作り上げた主菓子《おもがし》〈六菓仙《ろつかせん》〉は、六つの菓子を組み合わせた総称で、それぞれに六歌仙の歌にちなんだ菓銘がついている。とにかく、雅《みやび》で華やかでありながら、落ち着いた風情と品のある菓子のすばらしさときたら。

なつめは太助と一緒に、久兵衛が最初に作り上げた六菓仙を味わわせてもらった。

その後、依頼主である幕府歌学方《かがくかた》、北村季吟《きたむらきぎん》の屋敷へ六菓仙を届けたのが三日前のこと。おまさはその際、久兵衛の父で、今は隠居の市兵衛《いちべえ》と一緒に、味見をしたという。

そして、今日、久兵衛は再び北村家に呼ばれた。六菓仙に対する返答と思われるが、この時、さらに六菓仙を三組持参するように、という注文が入った。

「これはもう、先《さき》さまが旦那さんのお菓子をお気に召したというご返事も同じです」

飛び上がらんばかりの勢いで太助は言い、久兵衛も口には出さずとも、大きな満足感を覚えたようであった。そこで、北村家の注文の品を作るに当たり、一つずつ多めに作って子供たちにも見せることになったのである。

本当は、子供たちの大はしゃぎする様子を、久兵衛こそ見るべきだとなつめは思うのだが、おまさに言わせれば、

「気恥ずかしいんでしょうよ」

ということであった。

久兵衛たちが北村家から帰るのを待っていると、夕餉《ゆうげ》の頃合いになってしまう。そのため、おまさとなつめで子供たちに供するように、と言われたのであった。

寺子屋から帰ってきた子供たちは、すでにいつもの居間で待っているという。

なつめは六菓仙の菓子を一皿ずつ盛り、一つの盆にはのせきれないので三皿ずつ二つの盆に分けてのせた。乾いてしまわないよう、その上から布巾《ふきん》をかぶせておく。

「それじゃあ、行きましょうか」

おまさが盆の一つを持ち、声をかけた。「はい」と答えて、なつめもその後に従う。

部屋の前まで行って足を止めると、その途端、戸が内側から勢いよく開けられた。

「待ちくたびれちゃったよ」

亀次郎が唇をとがらせて言う。その目がおまさの盆の上へすばやく向けられた。が、布巾がかけられていたため、とんがった唇からは不服そうな息が漏れる。

布巾の隙間からのぞき見ようとする亀次郎を、郁太郎が「こら」と注意した。

「今、見せてあげるから、ちゃんと座ってなさい」

と言うおまさに続いて、なつめが部屋へ入って行くと、

「あっ、なつめちゃんだ」

亀次郎がなつめに飛びついてきた。

菓子盆が座卓の上に置かれると、亀次郎もきちんと座り直し、二人そろって布巾の上へ目を凝《こ》らしている。真剣そのものといった二人の様子に、なつめとおまさは思わず顔を見合わせた。

「それじゃあ、なつめさん。二人で一緒に布巾を取りましょう」

おまさの言葉に、なつめはうなずき、自分が持ってきた盆の布巾の端をつかんだ。

「せーの――で取りましょうね」

おまさはなつめに目配せすると、掛け声をかけて布巾を取り除《の》けた。なつめも同時に布巾をめくり上げる。

すると、中から、紅葉《もみじ》の濃い紅色《くれないいろ》や、桜の薄紅色《うすべにいろ》、空行く雲の純白、蛍の光の山吹色《やまぶきいろ》など、まばゆい色が放たれた。葛《くず》を使って工夫を施されたいくつかの菓子は、優しい透明感に包まれている。

子供たちはただ茫然《ぼうぜん》とした様子で、無言のまま菓子を見つめていた。

一つ一つの菓子について説明しようと思っていたなつめは、口を開くきっかけがつかめなかった。おまさも声をかけることなく、ただ子供たちを見守っている。

「これ、全部、お父つぁんが作ったの？　一人で――？」

ややあって、最初に口を開いたのは、郁太郎であった。

おまさは二人の子供たちに優しい眼差《まなざ》しを向けながら、「そうよ」と答えた。

「あるお客さまのお好みに合わせて、お父つぁんが一人で考えて作ったものなの」

「お父つぁんは……」

今度は亀次郎の口から小さな呟《つぶや》きが漏れた。

「本当にすごいんだねえ」

という、感動と誇らしさに満ちた声が続く。

「きれいだなあ。こんな色、絵の具でだって見たことないよ」

「ねえ、おっ母さん。これ、ずうっと残しておくことできないの？」

頭に思い浮かぶことを次々と言葉にする亀次郎と違って、郁太郎は最初の呟きの後、またしても黙り込んでいる。が、しばらくすると、

「なつめお姉さん、前に『浦島太郎』のお話、してくれたでしょう？」

目を菓子に向けたまま、郁太郎は語りかけてきた。

「おいら、そのお話を思い出してたんだ」

「竜宮城みたいに、きらきらして見えるってことかしら？」

「うん。それもあるけれど……」

郁太郎は少し言いよどんだが、やがて切り出した。

「あのお話の最後に、玉手箱が出てくるでしょう？　浦島太郎は玉手箱の中に、こんなふうな宝物が入ってるって思ってたんじゃないかな」

郁太郎は六つの菓子を手で指し示した。

「お父つぁんのお菓子って、それと同じように思えたっていうか。その、煙みたいにすぐ消えちゃうとかそういうんじゃなくて」

「分かる気がします、坊ちゃんのおっしゃりたいこと」

なつめはしみじみとした声で言い、うなずいた。

郁太郎の目がなつめに向けられる。自分がうまく言い表せないもどかしい思いを、言葉にしてほしいという眼差しに見えた。

「玉手箱の中に入っていたのは、浦島太郎が竜宮にいた間の長い長い『時』でしたけれど、それは本来人には許されない、神さまだけの宝物。旦那さんのお菓子はそのくらい——人ではなくて神さまが召し上がるくらいすばらしい、とおっしゃりたいのですよね」

なつめの言葉を聞いているうち、郁太郎の眉が明るく開いていった。

「さすがはなつめさんねえ」

いつの間にか、なつめの言葉に耳を傾けていたおまさが、感に堪《た》えないという様子で呟く。それから郁太郎の方に目を向けると、

「でもね、郁太郎。お父つぁんのお菓子はちゃんとあんたたちの目の前にあるのよ。今からしっかり味わって、それを確かめなさいね」

と、優しく告げた。

「うん」

郁太郎は明るい声でうなずき返す。

「だけど、これを二人で食べ切ったら、ご飯が食べられなくなっちゃうわね」

今日くらいはいいかしら——と首をかしげるおまさの言葉に、

「じゃあ、一こを四つに分けて、皆で食べればいいよ」

と、すぐに郁太郎が応じた。

「亀次郎と半分ずつ食べたら、一人三こも食べたことになるけど、四人で分けたら一こ半だもの」

「あら、郁太郎坊ちゃん。算術が得意になったんですか？」

読み書き以外は教えていなかったなつめが目を見開くと、郁太郎は「得意じゃないけど」とはにかみながら答えた。

「寺子屋の佐和《さわ》先生が読み書きはしっかりしてるから、算術に力を入れたらいいだろうって。今、八算《はっさん》（割り算の九九）を習ってるんです」

「あら、まあ。そうなんですか」

「おいらも、たくさん字を書けるようになったよ」

負けじと口を挟む亀次郎に、「そうでしょうね」となつめはうなずき返した。子供たちの成長の早さには驚かされる。

「それじゃあ、おっ母さんが切り分けるわね」

と言って、おまさが手を動かしている間に、なつめは子供たちに「これは〈桜小町《さくらこまち》〉、これは〈唐紅《からくれない》〉」と一つ一つの菓銘を教え、その由来となった歌や歌人について簡単に説明した。

「さあ、好きなのからどうぞ」

おまさが勧めると、亀次郎が真っ先にひょいと手を伸ばしかけた。

「お兄ちゃんが先でしょ」とすかさずおまさがたしなめる。

郁太郎は亀次郎に笑顔を向けて、

「亀次郎が先に取っていいよ」

と、先を譲った。亀次郎はおまさに「いい？」と尋ね、母がうなずくのを見届けると、まっすぐ〈蛍〉の煉《ね》り切りに手を伸ばした。続けて、郁太郎が〈春雨《はるさめ》〉――葛を細長くして蜜をかけた菓子の皿を手にする。

「おいしい！」

「すごい！」

子供たちは神さまの宝物のような菓子を夢中になって食べ始めた。


六菓仙を食べ終えた後、夕餉の仕度をするおまさから頼まれ、なつめは久しぶりに子供たちの相手をしながら過ごした。六菓仙についてのくわしい話を、郁太郎がせがむので、紙と筆を用意して、それぞれの菓子の由来となった歌を書いてやったりもした。また、子供たちから寺子屋での成果や、佐和という名の先生について、聞いたりもした。

「佐和先生はお武家さまの出なんだって。あまり笑わないし、ふざけている子にはとってても厳しいんだ」

と、郁太郎は言った。その口ぶりは先生を信頼しているように聞こえたが、亀次郎は
「ちょっと怖いよ」と首を縮めている。

そんなふうに三人で過ごしているうち、七つ半（午後五時）を過ぎて、久兵衛と太助が戻り、まっすぐ居間へやって来た。

「お疲れさまでした」

羽織《はおり》姿の久兵衛と前垂れをしていない太助を迎え、なつめは挨拶した。久兵衛の顔つきはいつもとあまり変わらないが、太助は顔がほころぶのを止められないふうに見える。

「首尾はどうだったんですか」

後から入って来たおまさが尋ねた。

「ああ。北村さまは六菓仙をお気に召してくださったそうだ。正式にうちを出入りの菓子屋にと言ってくださった」

久兵衛の言葉が終わるか終わらないかのうちに、「お気に召してくださったどころじゃありませんよ」と横から太助が口を挟んだ。

「大変な褒めようでいらっしゃいました。京で名のある菓子屋の職人でも、これほどの品

を新たに作り出せる者はまずいないだろうってね。これからもどんどん新しい主菓子を作ってほしいとおっしゃっておられました」

「六菓仙《しょもう》は、春と秋に偏っているからな。夏と冬のもの、特にこれから迎える夏の主菓子をご所望とのことだ」


久兵衛が付け加える。

〈桜小町〉と〈春雨〉は春、〈蛍〉は夏、〈唐紅〉と〈山風〉は秋、〈乙女《おとめ》〉は季節を選ばないように見えるが、五節《ごせち》の舞姫を詠《よ》んだ歌が元になっているから、正確には十一月に行われる豊明節会《とよのあかりのせちえ》のこととなり、季節としては冬になる。

「さっそく考えなきゃならねえな」

先代の主《あるじ》であり、自ら職人でもあった市兵衛の描いた見本帖《みほんちょう》には、夏の菓子もあったはずだが、久兵衛は新しいものを作るつもりでいるらしい。六菓仙の〈蛍〉に加え、どんな夏の菓子が生み出されるのだろうと、なつめはわくわくした。すると、

「なつめ」

不意に、久兵衛の声が飛んできた。「はい」と我に返って返事をすると、

「お前も考えてみろ」

と、久兵衛が言う。

「絵は描けるんだろう。出来たら持ってこい」

それだけ言うと、久兵衛は話は終わったという様子で部屋を後にした。

「は、はい」

慌てて返事をした時にはもう、久兵衛の姿は部屋の外である。

「なつめちゃん、大丈夫？」

気がつくと、亀次郎が心配そうな目を向けてきていた。

「絵を描くの、手伝ってあげようか？」

亀次郎は絵を描くのが得意である。だが、なつめ自身も絵描きになりたいと励んでいた時期があるし、何よりこれは自分の仕事なのだ。

「まずは自分でやってみますね」

亀次郎には微笑《ほほえ》みながら、礼を言っておいた。とはいえ、新たな菓子など考え出せるかどうか。

（でも、頑張ってみよう。夏といえば何かしら）

なつめはさっそく思いをめぐらし始めていた。

二

——桜が見頃になったらご一緒できませんか。〈しのぶ草〉を作ってくださったお礼を兼ねて、お花見にお誘いしたいのですが。

上野にある大店《おおだな》の菓司舗、氷川屋《ひかわや》の娘しのぶから、なつめが暮らす大休庵《だいきゅうあん》に文《ふみ》が届けられたのは、二月半ばの頃であった。しのぶ草は春の七草を煉り込んで作る草餅で、しのぶの亡き母が作っていたそれをなつめが再現したことに、しのぶはたいそう感謝していた。

桜が見頃の期間は短い。ちょうどその時、休みをもらえるかどうか分からなかったし、桜が咲き始める時期も年によってまちまちである。それで、なつめは返事を先延ばしにしていたのだが、どうやら今年の桜の見頃は三月の初めだという。それが分かった頃、

「三月の頭に一日だけ、店を休みにするつもりだ」

と、久兵衛から告げられた。

「郁太郎が本物の桜を見たいと言い出してな」

その日、子供たちを上野へ花見に連れて行くのだという。花見客でにぎわう茶屋の一つが、元照月堂の職人だった辰五郎《たつごろう》の団子を仕入れているそうで、そこにも立ち寄るとのことであった。

きっかけは、六菓仙の中の一つ、春雨だったらしい。

――あのお菓子は、桜の花に雨が降っている様子なんでしょう？　雨が桜色に見えることってあるの？

郁太郎は熱心に尋ねたという。

「自分で確かめろとしか言ってやれなかったんだが、まあ、雨は無理でも、花の盛りを見せてやりたいと思ってな」

桜の枝先くらいなら、子供たちも通りすがりの塀越しや垣根越しに見たことがある。し

かし、どうせなら見事な立木の桜を見せてやりたいのだ、と久兵衛は言った。

「本当に美しいものを見るのは、職人にとっちゃ大事なことだからな」

そう告げた後、「お前も一緒にどうだ」と、久兵衛はなつめを誘った。なつめにも美しい桜を見せ、それを糧《かて》にしろというのだろう。だが、

「お誘いはありがたいのですが、実はお花見にはしのぶさんからも誘われていて」

返事を先延ばしにしていたが、その誘いを受けたいと、なつめは答えた。

「なら、それでいい」

久兵衛はあっさり応じた。氷川屋の主人勘右衛門《かんえもん》に対してはまた別だろうが、娘であるしのぶの人柄には信を置いているらしい。

「そうすると、当日は上野でばったり顔を合わせることだってあるかもしれねえな」

「お花見といえば、やはり上野のお山でしょうか」

「江戸の外まで出るならともかく、江戸の内ならやっぱり寛永寺《かんえいじ》の桜が一番だろう」

と、久兵衛は言う。

桜の木は大休庵にも一本あったから、毎年それで満足してしまい、なつめは上野の桜を見たことがなかった。お花見の行楽に出かけた経験もない。

それでも、同じ目的を持つ人々が一つの場所に集まり、ひと時の美しさを誇る花を一緒に眺めるのは、とても楽しいことのように思えた。それが、しのぶと一緒ならば、なおさら気持ちが浮き立ちそうだ。

照月堂では三月四日が休みとなったので、なつめはしのぶにその旨《むね》を文で知らせ、一月に二人で菓子の食べ歩きをした時のように、上野の山にある忍岡《しのぶがおか》神社で昼前に待ち合わせる約束を交わした。

そして迎えた当日。

前日が薄曇りだったので、どんな空模様になるかと心配していたが、朝からさわやかな陽気である。

春雨に降られながらの花見も風情があるだろうが、晴れていれば外で弁当や菓子を楽しむこともできる。

しのぶからは、「しのぶ草のお礼ですから、すべて任せてください」と言われており、なつめはそのありがたい申し出に従うことにしていた。

当日、朝の四つ（午前十時）に忍岡神社に着けるよう、なつめは大休庵を出た。上野へ向かう途中の道でも、軒先から桜の花が見える家があり、それだけで町全体が春の光に包まれているような気がする。

なつめが忍岡神社に到着すると、友はもう先に来ていた。紅、藍《あい》、黄の唐桟留《とうざんどめ》の小袖《こそで》を身に着けたしのぶは、いつもより少し活発な印象である。

「今年の桜をなつめさんと一緒に見られて嬉しいわ」

柔らかな日差しを受けたしのぶの笑顔も、輝くように明るい。

「こちらこそ。なかなかご返事できなくてごめんなさい」

「それは気にしないでください。お仕事や修業でお忙しいことは分かっていますから」

挨拶を交わした後、二人で一緒に社前へ進み、両手を合わせた。

なつめはいつものように、育ての親である了然尼《りょうねんに》の健康と、行方知れずの兄慶一郎《けいいちろう》の無事を願った後、

（旦那さんの主菓子が認められますように）

と、胸の中で続けた。

照月堂は北村家出入りの菓子屋となったが、久兵衛の菓子が世の中に出て行くのはこれからである。もしかしたら、久兵衛の腕を恐れる氷川屋のような人々から、邪魔されないとも限らない。そういうことがありませんようにと、祈りを捧《ささ》げる。

最後に、自身が菓子の道をまっすぐ進んで行けますようお見守りくださいとお頼みし、なつめは目を開けた。

お参りを終えてから、二人でお狐《きつね》さんの母子像の前まで歩き、

「ここからすぐに、桜を見に行くのですか」

と、なつめは尋ねた。しのぶは「いえ」と答えて、首を小さく横に振った。

「お花見はお弁当を広げながらゆっくり、と思っています。うちの女中に頼んで、上野のお山にお弁当を運んでもらってあるの」

「まあ、お弁当を用意してくださったんですか」

どうもありがとうございます——と、なつめは頭を下げた。どこかの茶屋で軽く食べるくらいに考えていたが、しのぶはずいぶんしっかりと用意をしてくれたようだ。

「それでね、お昼にはまだ少し暇もあることだし。その前になつめさん、日本橋へご一緒しませんか」

「日本橋へ——？」

しのぶの誘いに、なつめは首をかしげた。一度、日本橋まで行ってから、再び上野へ桜を見に戻って来るということだろうか。

「京に本店《ほんだな》を持つ菓子司《かしつかさ》、桔梗屋《ききようや》さんの江戸店《えどだな》が日本橋にあるのです。こちらに〈桜餅《さくらもち》〉という菓子があるそうなのですが、なつめさん、召し上がったことはありますか」

「いいえ、桔梗屋さんへは行ったことがありません」

「〈桜餅〉とか〈桜饅頭《まんじゆう》〉という名の菓子は、今の時期、あちこちで出ているようです。でも、〈椿餅《つばき》〉や〈鶉餅《うずら》〉のように決まった形があるわけじゃなくて、お店によってばらばらしいの。お餅や饅頭の皮を桜色にして小豆餡《あずきあん》を包むとか、白いお餅や皮で桜色の餡を包むとか、そういうのが多いみたいですけれど」

照月堂ではこの時季、〈桜羊羹《ようかん》〉を出している。また、いつもの〈照月堂饅頭〉の餡を桜色の餡に替えたものもこの時節のみで売り出していた。そのことを思い浮かべながら、

「氷川屋さんでも桜餅か桜饅頭を出しているのですか」

と、なつめは尋ねてみた。

「はい。うちは桜饅頭という菓子を作っています。この季節にはそこそこ出るけれど、世間で評判になるほどではないようです」

「そうなんですか」

　久兵衛は〈桜小町〉や〈春雨〉のような主菓子ばかりでなく、もっと手軽に食べられる桜にちなんだ菓子も作っていたが、それで満足しているとは思えない。今日の花見の計画も、子供たちに桜を見せたいからというだけでなく、自分も本物の桜を見てさらに精進しようという心積もりもあるのではないか。なつめは自分もますます頑張ろうという気持ちになった。

「桔梗屋さんの桜餅はかなり評判がよいらしいの。何でも、椿餅みたいに葉っぱでお餅を包んでいるんですって」

　物言いからして、しのぶも食べたことはないらしい。

「でも、今の季節、桜に葉っぱはついてないですよね」

　なつめは首をかしげた。「そうよねえ」と受けたしのぶは「桜の葉で包んでいると聞いたのだけれど」と、なつめと一緒になって首をかしげている。

「去年の葉っぱを腐らないように、塩漬けにしてあったのかしら」

　続けて、しのぶが自分の考えを述べた。

「それで、お餅を包むのですか」

「だから、それを確かめに行きましょうよ。桔梗屋さんの桜餅の他にも、上野のお茶屋さんでお団子も食べたいし、お腹を空かせるためにも」

しのぶが熱心な口ぶりで言う。なつめとて桔梗屋の桜餅に興味津々であった。

「もちろんご一緒させてください」

なつめは目を輝かせながら答えた。「それじゃあ、参りましょう」と言うしのぶと歩調を合わせて、日本橋へ向けて歩き出す。

「しのぶさんは桔梗屋さんの桜餅のことを、どこで耳になさったのですか」

歩きながらなつめが尋ねると、「うちの職人から聞いたの」という答えが返ってきた。

「菊蔵《きくぞう》というのよ。なつめさんも知っているでしょう？」

しのぶの口から突然出てきた菊蔵の名に、なつめは我知らずどきっとした。

「え、ええ。あの、競い合いの時に、親方を手伝っていた人ですよね」

その後も、菊蔵と顔を合わせたことは何度かあった。しのぶが一緒のことも、そうでなかったことも――。菊蔵と二人だけだった時の話をしていなかったことに思い至り、しのぶに伝えるべきかどうか逡巡《しゅんじゅん》していると、

「そうなの。あの時、重蔵《じゅうぞう》親方を手伝った菊蔵よ。まだ若いけれど、力があるというので、目をかけられているみたい」

と、しのぶは話を先に進めてしまった。なつめは口に出すのを躊躇《ためら》っていた言葉の塊を呑《の》み込んだ。

「その菊蔵が桔梗屋の桜餅は評判だって教えてくれたの。でも、菊蔵自身はまだ試したこ

とがないんですって。だから、今日はお礼に菊蔵の分も買っていってあげようと思って」

しのぶは屈託のない様子で、明るく言う。何でも話してくれるしのぶに対し、自分は話していないことがある――そのことが、なつめの心にうっすらと影を落とした。

三

日本橋一丁目にある桔梗屋は、京の菓子司が江戸へ乗り出してきたというだけあって、立派な店構えの大店であった。氷川屋も大店には違いないが、菓子の本場である京において菓子司を名乗り、江戸店を出した桔梗屋はまた別格である。

店に出入りする客も、武家もしくは武家屋敷に仕える奉公人ふうの者が多い。

なつめとしのぶは店内に入ると、挨拶をして近付いてきた手代《てだい》に、見本帖を見せてもらった。

「桜餅の評判を聞いてきたのですが」

しのぶが言うと、手代はさらさらと見本帖をめくり、

「桜餅はこちらでございます」

と、答えた。口の利き方が上方ふうである。

「あ、こちらは奉公人も京の人なんですか」

なつめが思わず問いかけると、「へえ。さようどすが」と手代はうなずいた。聞けば、

桔梗屋江戸店の奉公人は皆、京の本店から回されてきた者なのだという。

「そうなのですか。私も昔、京にいたことがあったので」

なつめが言うと、「そうどしたか」と手代の男は柔らかく受けた。京の人が江戸へ出て来て日々を送るのは、あれこれ勝手が違って大変なのではないかと思いを馳《は》せる。それでも、奉公人すべてが京の人であれば、何かと心強いだろう。

（安吉《やすきち》さんも今頃、大変な思いをしているのかしら）

なつめはふと、短い間だったが照月堂で働いていた安吉のことを思い出した。京に一人で向かった安吉は、あちらに知り合いもいないだろうから、桔梗屋の奉公人たちよりつらい思いをしているのではないか。

（見知らぬ土地で、安吉さんは大丈夫かしら）

安吉を思い出すと、つい心配が先に立つ。去年の冬のうちには京に着いたはずであるし、それから三月《みつき》、四月《よつき》が経《た》とうという今日まで何も言ってこないのは、それなりに何とかやっているということか。それとも、身を落ち着ける場所さえ見つからず、江戸へ便りを出すことにすら思い至れないのか。

そんなことに気を取られていたら、「なつめさん」としのぶから声をかけられた。

「見て。聞いていた通り、こちらの桜餅は葉っぱで包まれているみたいよ」

しのぶが見本帖の絵を指さしている。そこで、二人は先ほど疑問に思っていたことを、手代に尋ねてみることにした。これは桜の葉っぱなのか、そうだとしたらどうやって調達

しているのか、という問いかけに、

「うちでお出ししてますのは、まぎれもない桜の葉でございます。去年、祇園《ぎおん》で採ったものを塩漬けにして、江戸へ運んでおりますさかい」

と、手代の男はすらすら答えた。

「まあ、京の祇園の――?」

と、しのぶが嬉しそうな声を上げる。

「菊蔵がきっと喜ぶわ。菊蔵も京の本場で菓子作りの修業をしたいって思ってるみたいだから」

その言葉に、なつめも思い当たることがあった。菊蔵は安吉が京へ行ったという話に、強い関心を寄せていたのである。

「それでは、この桜餅を四つください。二つずつ別に包んでいただけますか」

しのぶの言葉に手代がうなずき、品物の用意をしに下がって行った。

「桜餅はどこでいただきましょうか?」

品物を包んでもらう間、二人はその相談をした。上野へ着けば、しのぶの用意してくれた弁当があるという。それに、辰五郎が団子を卸している茶屋「草月庵《そうげつあん》」にも寄ってみたかった。その話をしのぶにすると、

「なら、立ち寄る茶屋はそこで決まりね。辰巳屋のご主人のお団子、私、もう一度いただきたかったの」

と、しのぶもさっそく賛成した。そうなると、上野に着いてからはもう、桜餅を腹に納める余裕がなくなってしまうかもしれない。

それなら日本橋で桜餅を食べ、腹を空かせるために上野まで歩いて戻ろうということになった。

「桜餅の葉は塩漬けどすさかい、柔らこうなっております。お餅と一緒に召し上がっていただくのがええのどすが、苦手どしたら優しく剝《は》がしてやってください」

しのぶに包みを渡す時、手代の男はそう告げた。

桜の葉を餅と一緒に食べるということは念頭になかったので、なつめとしのぶは思わず顔を見合わせていた。そこで、桔梗屋を出た二人は大通りの賑《にぎ》わいを少し抜けたところに茶屋を見つけると、空いている縁台に向かった。

「塩漬けにするっていうしのぶさんの考え、当たっていましたね」

なつめは感心した眼差しを友に向けて言った。

「ええ。でも私は、腐らせないためには塩に漬けるのではないか、と考えただけだわ。まさか、それを一緒に食べるなんて……」

しのぶも驚いている。

「椿餅とは勝手が違うみたいですね」

そんなことを言い合いながら、しのぶは包みの一つを開いた。すると、中からは、褐色の柔らかそうな葉にくるまれた桜色の丸い餅が現れた。

「お餅はきれいな桜色ね」

と、華やかな声を上げたしのぶだが、「でも、葉っぱは何だか薬草みたい」と小さな声で呟くように続ける。

「このまま食べられるって手代さんは言ってましたね。それが、一番おいしい食べ方という意味でしょうか」

なつめの言葉に、しのぶがあいまいな表情でうなずく。

やがて、注文したお茶が運ばれてきた。

「なつめさんはどうしますか？」

真面目《まじめ》な口ぶりで、しのぶが尋ねる。

「私は、せっかくだから、手代さんが言うように食べてみます」

草餅のように餅に煉り込むのでなく、葉っぱを餅と一緒に口に入れる食べ方に興味がある。だが、もともと青物が苦手だと言っていたしのぶに対しては、

「無理しない方がいいわ」

と、なつめは気遣った。

「私がいただいてみて、おいしかったら……」

続けて言うと、「それはいけないわ」としのぶは遮り、自分もなつめと一緒に食べると言った。

そこで、二人は同時に桜餅を口に入れた。

（あっ！）

心の中で思わず驚きの声が上がる。桜の葉の塩漬けの風味がふうわりと口の中に広がっていき、餅に包まれた甘く滑らかなこし餡と混じり合う。塩気が甘みをさらに引き立て、それを柔らかな餅が上手にまとめている感じ。後にはかつて経験のないさわやかな味わいが口の中に残っていた。

「しのぶさん、これ！」

一口食べ終えてしのぶの方を見ると、「ええ、なつめさん」としのぶも昂奮《こうふん》した面持ちである。

「おいしい！」

二人は顔を見合わせ、同じ言葉を同時に口走っていた。

「何なんでしょう、これ。こんなの、初めて食べたわ」

しのぶはなおも昂奮が収まらないといった面持ちで言った。

「ええ。お餅を葉っぱで包むというのは、他の餅菓子にもあるけれど、一緒に食べる食べ方は初めてでした。甘い餡を塩味で包むのって、思いがけないおいしさになるのですね」

「本当に。砂糖入りの餡と塩入りの餡、それぞれのおいしさは知っていたはずなのに、それを一緒にっていうのは考えたこともありませんでした」

二人は満足げに顔を見合わせ、残りの桜餅を食べ終えた。

「しのぶさん、今日はここへ連れて来てくださってありがとうございました。ただ、おいしいというだけでなく、新たな味わいを知ることができました」

なつめは改めてしのぶに礼を述べた。

「それなら、本当によかったです」

しのぶも嬉しそうに微笑み返した。その後、「でも、なつめさん」と元気よく続ける。

「お花見はまだこれからですよ。お弁当もお団子も」

「そうでした」

なつめも笑い返し、二人は茶屋を後にすると、上野へ向けて歩き出した。

上野へ舞い戻った二人は、氷川屋の女中が先に用意してくれていた場所で、桜を見ながら弁当を食べた。握り飯だけでなく、煮物や酢の物、豆腐の餡かけなどまで入った豪勢なものである。

「あの、私との行楽に、こんなことまでしていただいて、しのぶさんのお父さまのお耳にでも入ったら……」

さすがになつめは気にかかったが、

「女中たちはなつめさんが誰か知らないわ。友人とお花見に行くことも、こうした用意をすることも、父さまには全部話してあるの。だから、女中たちが父さまに何をしゃべったって大丈夫よ」

しのぶは以前とは違い、しっかりと躊躇《ためら》いのない口ぶりで言う。

「でも、今すぐでなくても、こんな大っぴらに、私と出かけたことがお父さまに知られたら……」

不安を募らせるなつめに対し、しのぶは「かまわないわ」と言い切った。

「父さまがなつめさんとのお付き合いに反対してるってわけではないのですし」

心配なのは、私たちの関わりを父さまに利用されることですけれど、それも私がしっかりしていれば大丈夫なはず――と、しのぶは明るい声で続けた。

〈しのぶ草〉を食べて勇気を与えられたという言葉通り、しのぶが前よりも強くなっていることが分かり、なつめも嬉しかった。友のそんな姿に、自分も励まされる。

食事の後、しのぶは女中たちに、後片付けを終えたら家へ帰るよう指示した。それから、なつめとしのぶは上野の山をめぐり歩き、七分咲きほどの桜を堪能した。

最後に、不忍池《しのばずのいけ》のほとりにある草月庵へ立ち寄った。ここは辰五郎の納める団子のお蔭か、他の茶屋よりも繁盛しているようだ。

なつめたちは席が空くのを少し待ってから、縁台へ腰かけ、餡団子と茶を注文した。その席からも、見事な桜の花が見える。

「しのぶさんは毎年、上野の桜を見ているのですか」

団子が届くまでの間、なつめが尋ねると、しのぶは桜を見つめたまま「毎年は……」と呟いて首を横に振った。

「母さまが生きていた時、二人で上野のお山に来たことはあったわ。母さまによれば、私が覚えていないほど小さい頃、父さまも一緒だった時があったみたいだけど……」

しのぶは少し寂しげな声になったが、すぐにそれを振り払うように明るく続けた。

「でも、母さまと見た桜のことはちゃんと覚えてるの。特に最後に見た桜のことは——。盛りから少し日が経ってたのかしら。風が吹くと、ぱあっと花びらが散っていってね。とてもきれいだったわ。ちょっと悲しいくらいに」

「しのぶさん……」

「この花びらが全部、甘いお菓子だったらいいのに——って私は言ったの。母さまは『菓子屋の娘ね』って笑ってたわ。私は本心からっていうより、桜が散ってしまう物悲しさを忘れたくて、わざとそう言ったのかもしれないけど」

「今のお話を聞いて、私もしのぶさんのお母さまと同じことを思いました」

なつめは明るい声で言った。

「母さまが嫁いできた頃、氷川屋はまだ小さな店だったの。父さまが三代目なんだけど、先代たちは商いの才がなかったみたいで。昔は父さまも今のようじゃなかったから、嫁いできた頃の母さまは仕合せだったんじゃないかと思うわ。よく店が小さかった頃の苦労話を楽しそうにしていたから」

しのぶはそう語った後、ようやく桜から目をそらして、なつめを見た。

「ほら、前に一緒に行ったでしょう。浅草の相模屋《さがみや》さんみたいな感じの」

餅を中心に作っているあの相模屋では、今頃独自の桜餅を売っているのだろうかと、なつめは思った。

「だから、私も昔の母さまみたいに——あの相模屋のおかみさんみたいに、小さな菓子屋のおかみさんになりたいなって思うの。お客さまと直《じか》に言葉を交わして、お客さま一人一人を大事にして。そういうのって、きっと仕合せだろうなって」

しのぶはどこか夢見るような口ぶりで言った。以前のしのぶも好きだったが、こうして前向きに夢を語る友はもっと好きだと、なつめは思った。

「大店のおかみさんになったって、しのぶさんなら、今言ってたようなお店にしていくことができると思うわ」

なつめが応援するつもりで言うと、「なつめさんはどうなの？」という言葉が飛んできた。

なつめは思わず「えっ？」と訊《き》き返してしまった。

「なつめさんも自分のお店を持ちたいとか、そういう夢があるの？」

夢ならばある。兄の慶一郎と再会し、自分の作った菓子を食べてもらうこと。兄と一緒に両親の墓参りをし、墓前に〈最中《もなか》の月《つき》〉を供えること。一人前の菓子職人になって、食べた人が健やかで仕合せになれるような菓子を作ること。

だが、店を持つなどということは考えてみたこともなかった。どう答えればよいか分からなかったが、幸いすぐに返事をすることからは免れた。

注文していた団子とお茶が届いたのだ。

「見て、なつめさん」

しのぶが明るい声を上げた。皿の上にのっている団子には、何と桜色の餡がかけられている。

「桜の咲いている間はずっと、餡団子といえばこれをお出ししています」

女中が少し得意げな様子で告げた。

「さすがは辰巳屋のご主人だわ」

しのぶの言葉になつめもうなずいた。この格別な桜色の餡団子は客を喜ばせることだろう。

こんな工夫を団子にできるのは、照月堂でしっかりと腕を磨いた辰五郎以外に考えられない。

なつめはしのぶと一本ずつ、桜餡の団子を手に取った。さらりとした舌触りの餡は、桜の花を思わせるような優しい味わいがする。

（やっぱり、辰五郎さんはすごいわ）

なつめはそう思いながら、二つ目の餡団子を口に入れた。それを食べ終えた頃、

「あ……」

しのぶが小さく呟いた。まだ散るには早いだろうに、一枚の花びらがひらひらと舞い降りてくる。なつめはそっと手を伸ばし、それを掌に受け止めた。ゆっくり開いたなつめの手の中に、薄紅色の花びらが留まっているのを見出し、二人は互いに微笑み合った。

四

花見の翌日。

「昨日は、上野でお会いできるかとも思っていたのですが……」

と、なつめが言うと、おまさは「あらあら」と返した。

「やっぱり、なつめちゃん。気づいてなかったー」

と、おまさの傍らで亀次郎が勝ち誇ったように言う。「えっ」と声を上げると、

「おいらたち、なつめちゃんともう一人のお姉さん、見つけてたんだよ」

と、亀次郎はさらに言った。

「声をかけようかって言ってたんだけど、楽しそうにお団子を食べてるところへ邪魔するのも無粋だって、うちの人が言うもんだから」

ちょうど茶屋にいた時のことらしい。聞けば、一家も草月庵には立ち寄り、桜餡の団子を食べたという。上野の桜も満喫し、郁太郎と亀次郎も大喜びで、亀次郎などははしゃぎ疲れて帰って来たのだが、

「そうしたら、その後、思いがけないお客さんがあったの」

と、おまさは続けた。

「お菓子を買いに来られた方ですか」

店を閉めることは数日前から貼り紙で知らせていたはずだが、それを知らない者がいたのだろうと、なつめが訊くと、「違うのよ」とおまさは首を横に振る。

「なつめさんも知ってる人たち。四月《よつき》ぶりくらいになるのかしら」

おまさは誰なのかをすぐには明かさず、謎《なぞ》かけのように言って微笑んだ。その傍らでは亀次郎だけでなく、郁太郎までにやにやしている。

四月前といえば十一月。その頃、訪ねて来た客といえば――。

「もしかして、粂次郎《くめじろう》さんと富吉《とみきち》ちゃん？」

なつめがそう言うや否や、郁太郎と亀次郎がわあっと声を上げた。粂次郎は駿河から行商にやって来た薬売りで、富吉はその息子である。

「そうなのよ」

おまさがにこにこしながら言う。

「夏になる前に、薬をお届けしなくちゃいけないお宅があるというので、江戸にいらしたんですって。それで、うちにも来てくれたの」

「おかみさんのお薬を届けに？」

「ええ。試しに置いていってくれた薬がよかったので、そのまま頼むことにしたの。この子たちも、富吉ちゃんとまた会えたっていうんで、大喜びでね」

お花見に加え、富吉との再会とくれば、昨日は二人にとって忘れがたい一日となったことだろう。

「昨日いらしたなら、次に来るのはまたしばらく先になるのでしょうか。私もお会いしたかったです」

なつめが残念そうに呟くと、「それは大丈夫だよ」と郁太郎が言い返した。どういう意味かと首をかしげていると、

「実はね、これから間もなく、粂次郎さんと富吉ちゃんがうちに来ることになってるのよ」

と、おまさが打ち明けた。何でも、粂次郎はまだこれから江戸の得意先を回らなければならないのだが、できれば一人の方が動きやすい。また、三人の子供たちが再会を喜び合っていることもあり、それなら前のように富吉を照月堂で預かろうという話になった。

ひとまず三日間、富吉は照月堂で過ごし、その間に粂次郎は駒込《こまごめ》から遠い地域の得意先を回り切ってしまうらしい。粂次郎はその礼として、おまさの薬代をかなり割り引いただけでなく、

——こいつも六つになったんだから、遊ばせとくんじゃなくて、おかみさんのお手伝いをやらせてくだせえ。

と、言ったそうだ。

「まさか、この子と同い年の富吉ちゃんを、こき使うなんてねえ」

と、おまさは亀次郎の頭に手を置きながら笑っている。

だが、六つや七つで奉公に出る子供もいるし、粂次郎の行商に連れ添って、苦労もして

きた富吉はおそらく並の子供よりはしっかりしているのだろう。

それでも、前に迷子になった時を思い出したらしく、

——ちゃんと迎えに来てくれるよね？

富吉は一瞬不安そうな表情を浮かべたものの、粂次郎から「当たり前だろ。前の時も父ちゃんはちゃんと照月堂さんに迎えに来たじゃないか」と言われ、ほっとしていたそうだ。

富吉が来るなら寺子屋に行かないで一緒に遊ぶ——と、亀次郎が愚図ったらしいが、それは絶対に駄目だと久兵衛から叱られたとのこと。それなら、富吉を寺子屋に連れて行く——ともごねたらしいが、さすがにそれは難しい。

「昼過ぎまではあたしが富吉ちゃんを見ているわ。昼からは三人そろって騒がしいかもしれないけれど、なつめさんも心に留めておいてちょうだい」

おまさの言葉に「分かりました」と答え、なつめは厨房へと入った。昨日は店もなつめも休みだったので、前日の仕込みは久兵衛がしている。水に漬けてあった小豆を取り出し、質の悪いものがないか確かめ、道具をそろえているところに、久兵衛がやって来た。

「昨日はお休みをありがとうございました」

なつめが頭を下げると、久兵衛は「おう」とうなずき、「桜はちゃんと見てきたか」と続けた。

「はい。見事な咲きぶりを十分見てまいりました。それから、桜を見る前に、しのぶさんのお勧めで日本橋桔梗屋の桜餅をいただいたんです。これが何とも変わっていて……」

と、塩漬けの葉と菓子の絶妙な組み合わせについて報告する。

「そうか。京の桔梗屋は知っているが、俺があっちにいた頃、そんな餅菓子は出してなかった。この江戸で食べられるなら、俺も近いうちに試しておこう」

と、久兵衛も興味を惹《ひ》かれた様子であった。富吉を預かることになったという話も出て、

「ちょっと暇ができたら、うちの方にも目を配ってやってくれ。まあ、おまさも大事ないだろうが、大変そうならちょいの間だけでも富吉を見てやってほしい」

ということである。

「昼になりゃ、子供たちが帰ってくる。そしたら、後は郁太郎に任せられるからな」

郁太郎もまだ八つだが、亀次郎と富吉二人の面倒を見させても大丈夫と、久兵衛は考えているようだ。

「そういえば、郁太郎坊ちゃんは桜を見て、何かおっしゃっていましたか」

そもそも久兵衛が花見をすると決めたきっかけを思い出し、なつめは尋ねた。

「ああ。しばらくの間、じいっと桜を見つめ続けていたよ。俺からは特に何も尋ねなかったんだが、最後にこう言ってた。自分も桜の菓子をいつか作りたいってな」

抑えた物言いながら、久兵衛は嬉しそうであった。

「旦那さんの〈桜小町〉や〈春雨〉とはまた違う、桜のお菓子ですね」

いつの日か郁太郎坊ちゃんのその菓子を見てみたいと、なつめは思った。

「よし。お前は今日も饅頭と〈子たい焼き〉のこし餡から始めてくれ。俺は〈桜羊羹〉の

方をやる」

久兵衛の言葉に「はい」と答え、その日の菓子作りは始まった。

なつめが富吉に再会したのは、餡作りが一段落し、使った道具類を洗いに外へ出た時のことであった。

「なつめお姉さん！」

庭に佇《たたず》んでいた少年が体ごとなつめに向き直ると、人懐っこい笑顔を見せた。

「富吉ちゃん、また会えたわね」

道具類を持ったなつめのもとへ、富吉が駆け寄って来た。が、おまさが面倒を見ると聞いていたのに、富吉が一人でいるのはどういうわけだろう。

「おかみさんと一緒じゃなかったの」

そう尋ねると、「おかみさんは昼餉《ひるげ》の仕度をしていて」と富吉は答えた。

「中で好きにしてなさいって言われたけど、おいら、できれば外に出たいってお願いしたんです。そしたら、庭の外に出なければいいよって言われて」

「そうだったの。でも、一人じゃつまらないでしょう?」

なつめが尋ねると、富吉は「ううん」と首を横に大きく振った。

「ここなら、お菓子を作ってるおうちがよく見えるし、甘いにおいもしてくるから」

と、大真面目に答える。その眼差しはなつめを越えて厨房の建物へと向けられていた。

富吉は庭で何をして遊ぶでもなく、ただ菓子が出来上がるにおいを嗅いでいるだけで楽しいらしい。

菓子好きなところは変わっていないと思いながら、なつめはにっこり笑った。

「それじゃあ、私はもう行くわね」

言い置いて井戸の方へ行きかけると、富吉はとことことなつめの後をついて来た。

「私は今から道具を洗うだけよ。見ていても面白くないと思うけれど」

「ううん、なつめお姉さんを手伝うよ」

富吉はなつめを見上げながら真剣な様子で言った。

「手伝うっていっても……」

「おいら、洗いものならちゃんとやれるよ」

富吉は自信ありげに言う。

「おうちにいる時、お手伝いをしてるってこと？」

なつめが尋ねると、富吉はごく当たり前のように「うん」とうなずいた。粂次郎が行商に連れ歩いていることから、おそらく母親はいないのだろうと思っていたが、そのせいか富吉は大人の手伝いをすることに慣れているらしい。

「ありがとうね。でも、これは修業でもあるから、私がやらなくちゃ。お菓子作りで使う道具を見たいのなら、洗い物をしている間、そばで見ていればいいわ」

なつめが言うと、富吉は「分かりました」と言ってうなずき、井戸のそばまでついて来た。

「これは、小豆を選り分ける時に使う笊《ざる》、これは、餡《あん》を煉《ね》る時に使うへらね。それで、これは煉り切りっていうお菓子の形を作る時に使うへらよ」

なつめが洗い物をしながら説明しているのを、富吉はうなずきながら興味深そうに聞いている。あまりの熱心さに、なつめの方が気圧《けお》されてしまいそうだった。

その後、なつめが洗い物を終えて厨房へ戻ろうとすると、また後をついて来る。

「富吉ちゃん、お菓子を作っている場所には、職人さんとその見習いしか入れないの。だから……」

「うん、分かってるよ」

富吉はなつめに皆まで言わせずうなずいた。そして、厨房の戸口まで来ると、ささっと取っ手に手をかけ、戸を開けてくれた。洗い物の道具を持ち、手のふさがっているなつめを助けるためについて来たのだと、その時になって気づいた。

「あ、ありがとう」

幼い子供の気配りのよさに、感謝の気持ちより意外さの方が先に立つ。

郁太郎も年齢以上の賢さや気遣いを見せる子供だと思うが、富吉の態度や様子は郁太郎のそれとはまた違う。父親の粂次郎から何か言われているのだろうか。照月堂でお世話になる時は自分からできることを見つけて手伝いなさい、などというような——。

（何だか、一生懸命、自分の務めを果たそうとしているみたい）

なつめはひそかに首をかしげた。

目が合うと、富吉は歯を見せて笑った。前歯の一本が生え変わるところらしく、欠けているのが見える。本当にけなげな子だという気持ちが湧いてきた。

「そんなに気を遣わなくていいのよ」

言い置いて、なつめが中へ入った途端、厨房の戸は外から静かに閉められた。

五

「そこに富吉ちゃんがいたんですけれど……」

と、なつめが今の富吉の話をすると、「そんなら、次からは洗い物だけでもやらせてみたらどうだ?」と久兵衛は言い出した。

「よろしいのですか」

父親の粂次郎も手伝いをさせるよう勧めていたから、かまわないだろうと久兵衛は言った。

「菓子作りに興味があるんだろう。それに、子供たちが帰って来るまでは一人じゃ退屈だろうしな」

洗い方に問題があれば、お前がやり直しながら、ちゃんと教えてやれ――と言われ、なつめは「はい」とうなずいた。

しばらくして、なつめが再び洗い物をしに出た時にも、富吉はまだ庭先にいた。久兵衛の言葉通り、

「富吉ちゃん、今度は洗い物を手伝ってくれる？」

と尋ねると、「はい」と喜んで駆け寄って来る。やらせてみると、洗い方はしっかりしており、そのまま任せてしまっても問題のない仕事ぶりであった。

久兵衛に報告すると、「大したもんだな」と感心した様子である。おまさが一度様子を見に来て、厨房にも声をかけていったが、富吉が問題なく過ごしていると久兵衛が告げると、富吉を残したまま仕舞屋に戻って行った。

その後も、富吉は何度か洗い物を手伝ってくれた。昼も近くなった頃、

「これを褒美だって、富吉に食べさせてやれ」

と、久兵衛は桜羊羹の切れ端を差し出した。

「はい」

なつめはそれを皿にのせ、富吉に持って行った。

「おいらだけいいの？」

この時は子供らしく目を輝かせた富吉は、「手伝ってもらったご褒美だから」と言うなつめの言葉に歯を見せて笑い返した。

手を洗わせてから菓子皿を渡すと、

「きれいな色だなあ」

富吉はすぐに食べようとせず、春の陽射しに薄紅色の羊羹を透かして、その輝きをじっと見つめている。そういえば、この子は以前も食べる前にじっと菓子を見つめていたと思い出しながら、なつめは厨房に戻った。

昼になって郁太郎たちが帰って来てからは、前のように三人で遊んでいたようだが、その日の菓子作りが終わり、最後の後片付けを始めた頃、再び富吉が庭先に現れた。

「あら、坊ちゃんたちと一緒じゃないんですか」

なつめが尋ねると、富吉は「今までは一緒だったけど」と答えた後、

「なつめお姉さんがたくさんのお鍋を抱えているのが見えたから」

と、続けて言う。そして、さっさと井戸端にしゃがみ込むので、

「今日はもう手伝ってくれたから、十分よ」

と、なつめは慌てて言った。が、富吉は「ううん、お手伝いする」と言い、黙々と洗い物を始めてしまう。前からこんなにしっかりした子だったろうか、それとも会わない数か月の間に成長したのだろうか、となつめは吃驚《びっくり》していた。

「富吉ちゃんは偉いのねえ。おうちではいつもお父さんを手伝っているのね」

なつめが感心して言うと、富吉は「うん」とうなずいた。

「でも、ここではなつめお姉さんをお手伝いするんだ」

と、続けて言う。名指しされた気がして、ちょっと引っかかりながらも、

「桜羊羹はおいしかった?」

と、なつめは尋ねた。「うん、おいしかった！」と元気よく答えた富吉は、

「甘くて、おいしいのがいつまでも口の中に残ってた」

と、続けた時には年相応の無邪気な口ぶりに変わっていた。桜羊羹について話している時だけは、洗い物の手も止まっていて、なつめはかわいいなと思う。富吉がまたすぐいなくなってしまうと思うと、少し寂しい。

「よかったわ。坊ちゃんたちには内緒でね」

なつめが悪戯《いたずら》っぽく言うと、富吉は「はい」と真面目な顔つきになってうなずいた。

富吉の手伝いや気遣いはその翌日も続いた。

厨房へ出入りする時、近くにいれば駆け寄って来て戸を開け閉めしてくれる。それは、たまたま仕舞屋で行き合った時も同じだった。

仕事を終えて帰る時には気配を聞きつけ、わざわざ挨拶しにやって来た。富吉の行動につられるように、郁太郎と亀次郎もついて来るのだが、二人とも富吉の甲斐甲斐《かいがい》しい様子に目を瞠《みは》っている。

（もしかして、富吉ちゃんは私に対して気を遣っているのかしら）

ここではなつめお姉さんをお手伝いするんだ——と言っていた言葉が耳によみがえる。

だが、富吉から気遣われる理由が、なつめには思いつかなかった。前に会った時、特別慕われたわけでもない。父親からそうしなさいと言われてきたのか。だが、粂次郎がそん

なことを言う理由など、さらに思いつかなかった。

（私の考えすぎよね）

そう思いながら、照月堂の枝折戸《しおりど》を出て帰路に就きかけたなつめは、

「富吉はなつめお姉さんと何かあったの？」

という郁太郎の声に、つと足を止めた。子供たちはなつめがもう行ってしまったと思い込んでいるらしい。

枝折戸を出たらすぐ道が折れ曲がっているので、互いの姿は見えないのだが、声は何とか聞き取れる。なつめは耳を澄ませた。

「何にもないよ」

と答える富吉の声が聞こえてきた。

「何にもないのに、富吉はどうしてなつめお姉さんの後をついて歩いてるの？」

郁太郎の問いかけが続く。

「父ちゃんに、なつめお姉さんをしっかりお守りしなさいって言われたからだよ」

と、富吉は答えた。

なつめは「えっ」と声をあげそうになるのを、かろうじてこらえた。

「なつめお姉さんを守るってどういうこと？」

訊き返す郁太郎の声が心配そうなものとなる。なつめの身に何かが起こると思ったのかもしれない。なつめはさらに聞き耳を立てた。だが、それに対する富吉の返答は、

「……よく分かんない」

　という困惑混じりの声によるものであった。

「分かんないのに、なつめお姉さんを守ってるの？」

「でも、おいらがなつめお姉さんのことよく見ていて、父ちゃんに話してあげられたら、たぶん、父ちゃんがそれをけいさまに話せるから……」

　なつめは思わず息を止めた。

「けいさま――？」

　郁太郎が訝《いぶか》しげに訊き返す。

「うん、けいさまはおいらの家の近くに住んでるの。父ちゃんは前に江戸から帰った時、けいさまになつめお姉さんの話をしてたんだ」

　郁太郎にはわけの分からない話だったようで、それに応じる言葉はなかったが、

「けいさまはお医者さまなんだよ」

　と、富吉の声は続いた。

「お医者さま？」

「うん。父ちゃんが留守の時、おいらが臥《ふ》せっていたら、けいさまが診《み》て治してくれたんだ。それに、父ちゃんが薬を作るのを手伝ってくれることもある」

「ふうん。富吉のお父つぁんはその人に、なつめお姉さんのことを話してたんだね」

「そう」

「どんな話?」

「それは、このお店のこととか、うーん、何とかっていうお寺で暮らしていることとか」

名前を思い出そうとして思い出せず、富吉は途中であきらめたらしい。

「それって、大休庵?」

郁太郎が尋ねると、聞き覚えがあったらしく、「そう。それ」と富吉が大きな声で言い返すのが聞こえてきた。

自分が大休庵に暮らしていることを、粂次郎がどうして知っているのだろうと、なつめは思った。

自分から話した覚えはない。もちろん、久兵衛やおまさがしゃべったこともあり得るが、前回、粂次郎はほんの短い間しか、照月堂にいなかったのである。

(粂次郎さんは照月堂以外のところで、私が大休庵で暮らしていることを耳にしたのかしら)

なつめがそう思いめぐらした時、「富吉ちゃん、郁太郎ー」というおまさの声が聞こえてきた。「はーい」と口々に返事をして、二人の子供たちが駆け去って行く。

なつめがまだ枝折戸の近くにいたことには、郁太郎も富吉も最後まで気づかなかったようだ。なつめはしばらくの間、そこから動き出せなかった。

(けいさまという人に、私の話を——。まさか、兄上?)

行方知れずの兄慶一郎はきっとどこかで生きていると、なつめ自身は信じている。しかし、なつめが知る限り、兄が医学を学んでいたという事実はない。瀬尾の家は代々、五摂《ごせっ》家《け》の一つ二条家《にじょうけ》の警護役を務めてきた家であり、兄はその跡継ぎとして育てられていた。亡き母千鶴《ちづる》の親戚である了然尼の元夫は医者であるが、慶一郎と交流があったとは聞いていない。

今の話だけでは何とも判断することができなかった。富吉に尋ねたいところだが、郁太郎とのやり取りからすれば、くわしいことを知っているようにも思えない。

（粂次郎さんが富吉ちゃんを迎えに来た時、尋ねてみるしかないけれど……）

粂次郎が照月堂以外で大休庵やなつめの話を聞いたとすれば、どこが考えられるだろう

――中断していた問いが、再び浮かび上がってきた。

（戸田《とだ》のおじさま――）

そもそも、粂次郎が照月堂を訪ねて来たのは、歌人として知られる戸田露寒軒《ろかんけん》の紹介を受けてのことだった。露寒軒も粂次郎の薬の客であるはずだが、二人はどうやって知り合ったのだろうか。

これまで、露寒軒との間で慶一郎について話したことは、一度もなかった。

慶一郎はかつて江戸遊学の際、露寒軒の弟子となってその屋敷へも出入りしていたと聞いている。もし粂次郎が「けいさま」こと慶一郎から露寒軒のことを聞き、その住まいへ出入りをし始めたのだとしたら――。

（おじさまは今の兄上のことをご存じでいらっしゃるのかしら）

これまで露寒軒が兄について語らないのは、自分を思いやってくれてのことだろうと考えていた。また、なつめ自身、兄の思い出話をあえて持ち出したことはなかった。

だが、露寒軒が今の兄について知っているのなら、その話を聞いてみたい。

(この足で、おじさまをお訪ねしてみよう)

幸い、春になって陽射しは長くなり、暮れ六つ(午後六時)まではまだ少し間がある。

なつめは本郷の露寒軒宅へ向かった。

六

梨の木坂と呼ばれる由来となった梨の木は、白い花の蕾《つぼみ》と淡い緑の葉がほんの少しついていた。桜と同じくらいか、一足遅れて開花する純白の花は、桜とはまた違う可憐《かれん》さを備えている。

その梨の木のある露寒軒宅の門を、なつめは急いで潜《くぐ》り抜けた。

「いらっしゃいませ」

いつも顔を合わせる使用人の男が現れ、取り次ぎの上、奥の座敷へ案内してくれた。部屋の中には行灯《あんどん》が灯《とも》されており、露寒軒は机に向かっていたらしい。だが、なつめが部屋へ入った時にはもう、机に背を向けて座り直していた。

「おお、そなたであったか。久しいな」

と、破顔してなつめを迎える。思い返せば、最後に露寒軒に会ったのは正月の挨拶の折であった。

「長らくご無沙汰《ぶさた》して申し訳ございません」

なつめが頭を下げると、露寒軒は「いや」と首を横に振った。

「そなたが菓子作りの修業に勤《いそ》しんでいることは聞いておる」

「恐れ入ります」

「して、今日は何用か」

露寒軒から促《うなが》され、なつめは顔を上げた。

「実は、兄慶一郎のことで伺いたいことがあって参りました」

なつめは露寒軒から目をそらさず、一気に言った。

「何、慶一郎の？」

意外な話題だったようで、露寒軒は驚きを隠さなかった。

「わしが慶一郎について知るのは、あの者が江戸におったわずかな間のみだが……」

困惑気味の表情に、何かをごまかしている様子は見られない。

「いえ、江戸にいた時のことではありません」

「ならば、わしに語ってやれることはあまりないであろう」

露寒軒は残念そうになつめを見返したが、

「おじさま、私は兄上がどこかで生きていると信じているのです」

というなつめの言葉に目を見開いた。

「慶一郎は父母と共に火事で亡くなったと、わしは聞いておるが……」

「私もそう聞いております。ですが、親戚の家に預けられていた時、兄上の亡骸《なきがら》だけは見つからなかったという話も小耳に挟みました。すがれるのはこの話より他にないのですが、それでも、私は兄上が生きていると信じていたいのでございます」

そこまで語った時、露寒軒の眼差しに痛ましげな色が宿っていることに、なつめは気づいた。大きく息を吐いてから、今日、照月堂で聞いた郁太郎と富吉のやり取りについて話を続ける。

「粂次郎さんが私と大休庵のことを知るとしたら、おじさまを通してだったのではないかと思い当たりました。そのことをお伺いしたいのでございます」

なつめの言葉に、露寒軒はうなずいた。

「それならば、確かにそなたの申す通りじゃ。そなたが大休庵で暮らしていることを、わしは粂次郎に話したことがある」

「では、どういう話の成り行きで、そうなったのか覚えていらっしゃいますか。照月堂の話が出た時、私のこともお話しになったのでございましょうか」

露寒軒は「そうだな」としばらく考え込んでいたが、その表情がやがて強張《こわば》った。

「そういえば……」

露寒軒は当時を思い出すような眼差しになりながら呟いた。

「照月堂へ行ってはどうかと勧めた時に初めて、そなたの話をしたのではない。それ以前からそなたのことを話していて、その流れで照月堂のおかみのことに思い至ったのじゃ」

記憶をたどるように、ゆっくりとした口ぶりで、露寒軒は告げた。続けて「少し待つがよい」と言うと、いったん目を閉じ、しばらく沈黙してしまう。やっと目を開けた時、

「うむうむ。思い出してまいった」

と、露寒軒の顔には満足そうな表情が浮かんでいた。

「そもそも、照月堂の話をあの者にしたのは昨年の冬のことじゃが、そなたのことはそれ以前から話題に上っていた。そもそものきっかけは……確か、あの者の方から、大休庵や了然尼の話を持ち出したことじゃ」

「条次郎さんから、でございますか」

「うむ、はっきりと思い出した。あの者は三年ほど前、駿河の薬売りという触れ込みでやって来たのじゃ。以来、あの者の薬を買うようになったのじゃが、その折、駒込の大休庵に暮らしている了然尼と親交が深いのか、と尋ねてまいってな」

「初めて訪問した折、唐突にそんなことを尋ねたのでございますか」

なつめは驚いて訊き返した。

「さようじゃ。しかし、その折は唐突とも不審とも思わなんだ。駿河の出のわしを訪ねて来るのも道理であったし、了然尼のことを聞きたがるのも、まあ、よくあることよ。わしの居所も誰かに聞いたのだと思い、特に尋ねなかったのじゃ」

「確かに、おじさまや了然尼さまは江戸で知られたお人ですから」

露寒軒と了然尼に親交があることも、知る人はいるだろう。露寒軒が著した書物の中には、そのことが書かれたものもある。

「了然尼のことを持ち出したのは、引き合わせてほしいからかと思うた。が、訊いてみれば違うと言う。大休庵を訪ねるつもりはない、とな」

「了然尼さまと親交があるのか訊いておきながら、大休庵へ行くつもりはないと言ったのですか」

なつめは疑惑のこもった声で尋ねた。

「うむ。これはわしも少し不審に思うて、なぜなのか尋ねた。すると、あの辺りは知り合いの薬売りがすでに出入りしているからだ、というようなことを申していた」

「知り合いの薬売り……？」

大休庵を訪ねてくる薬売りは何人かいるはずだ。その中に駿河出身の者がいたかどうかは分からないが、粂次郎の言葉は一応つじつまが合っている。

「ただ、訪ねるつもりはないと言いながら、了然尼のことをいろいろと訊いてまいった。まあ、了然尼の経歴はなかなかに人の心をそそるものだからな。そういう者は粂次郎に限ったことではない。無論、わしは要《い》らぬ噂話《うわさばなし》などを聞かせてはおらぬぞ」

露寒軒は心持ち胸をそらして言った。なつめは安心してうなずき返す。

了然尼の過去——それは顔に負った火傷《やけど》の話であろうが、それが御仏への尊い信仰の心を示す逸話だとしても、興味本位で人に語られるのはいい気分がしなかった。

「その時、粂次郎はこんなことを申しておった」

露寒軒の話は続いた。

「自分は大休庵にお住まいの方々の無事を願うだけだ。出入りの薬売りがいるといっても、何かあって薬が足りぬというようなことがあれば、自分こそが力になりたい。了然尼は無論のこと、一緒にお暮らしの娘御にも何かあったらすぐに知らせてほしい、とな」

「娘御……？」

「うむ。それで、わしは粂次郎がそなたのことを知っていると思うたのじゃ。明らかに、そなたのことを気にかけている口ぶりじゃった」

その粂次郎の口ぶりに不自然なところはなく、世間が興味本位で聞きたがる了然尼の過去より、了然尼となつめの無事を願う口ぶりにも信頼が置けた。それで、露寒軒は粂次郎に出入りを許したのだという。

その後、粂次郎は数か月おきに薬を持って、露寒軒のもとを訪ねて来るようになった。その度に、大休庵のこともさりげなく訊いてきたそうだ。

そして、昨年、照月堂のおかみの身を案じていた露寒軒は、粂次郎に訪ねて行ってはどうかと勧めた。その時、大休庵に暮らす娘が照月堂で修業を始めた話もしたという。なつめのことをくわしく語るのは初めてだったが、粂次郎はごく自然に話を受け容《い》れた。

――ならば、ぜひとも照月堂へ参らなければなりませんな。

そう言って、意気揚々と露寒軒のもとを引き揚げたという。

「なつめよ」

混乱するなつめに、露寒軒が重々しい様子で声をかけた。

「もし、粂次郎の倅《せがれ》が『けいさま』と呼ぶ男が、かの慶一郎だったとして、そなたはどうしたいのじゃ。慶一郎に会おうと思うておるのか」

「もちろんでございます」

なつめは迷うことなく答えた。露寒軒は心なしか伏し目がちになって先を続けた。

「しかし、そなたの考えが合っていた場合、慶一郎はそなたの居場所を知っていながら、そなたに会おうとしないことになる。粂次郎を通してそなたの無事を確かめていながら、そなたの前に現れずにきた。そんな兄の気持ちを、そなたも考えてみてはどうじゃ」

「それは……」

露寒軒から指摘されて初めて気づいた。

兄慶一郎が自分に会うまいと考えているなんて――。だが、そう聞いたからといって、兄との再会を願い続けてきた気持ちをすぐに変えることは難しい。

ややあってから、露寒軒は深々と溜息を漏らした。

「たった今、また思い出したことがある」

露寒軒は顎鬚《あごひげ》に手をやりながら付け足した。

「先にも申したように、わしは粂次郎がここへやって来たことも、了然尼について尋ねたことも、不審に思っていなかったのだが、別のことで首をかしげることがあったのじゃ」

「それは、どういったことでございますか」

「あの者は、わしが夏に風邪を引きやすく、用心を怠《おこた》っていないことや、一度風邪を引くと喉を長い間痛めることなど、わしと話をする前から知っているような口ぶりじゃった。不思議に思って尋ねてみると、誰かに聞いたなどと申していたが、よう考えてみれば、さようなことを知る者は少ない」

なつめは息を呑んだ後、

「でも、兄上は知っていたのですね」

と、静かな声で問い返した。

「さようじゃ」

露寒軒はなつめを見つめ返し、ゆっくりと答えた。

第二話　菓子職人の道

一

照月堂で富吉を預かって三日目の三月七日。粂次郎が富吉を迎えに来る日である。粂次郎父子と付き合いがあるという「けいさま」とは、兄の慶一郎なのではないか。そう考えると、昨夜はよく眠れなかった。

なつめは、朝、照月堂へ着くとすぐに、粂次郎がやって来る頃合いをおまさに尋ねた。が、確かな時刻はおまさも聞いていないという。

「昼のうちはお得意さまを回って、こっちに来るのは夕方頃になるんじゃないかしら」

「それでしたら、私もご挨拶したいので、お知らせいただけるでしょうか」

粂次郎が急いでいたとしても、ほんの少し話せるだけでいいので——と頼むと、

「うちの人も、粂次郎さんに話があるみたいだから、元からそのつもりよ」

と、おまさは気軽に応じた。ほっとして、

「ところで、富吉ちゃんはどちらですか？」

と、続けて尋ねる。郁太郎たちと一緒に二階の部屋にいるというので、少しだけ話をしたいと断ってから、なつめは二階へ向かった。

子供たちの部屋へ行くと、寺子屋へ行く仕度を済ませた郁太郎が、亀次郎の持ち物を検《あらた》めているところだった。

「ちょっといいかしら」

なつめが声をかけると、「あっ、なつめちゃんだ」と亀次郎はすぐに笑顔を向けた。一方、所在なさそうに座っていた富吉は、ぱっと立ち上がるや駆け寄って来た。

「なつめお姉さん、どうぞ」

と言って、床にちらばっていた物を脇に寄せたのは、座るための場所を空けてくれたつもりらしい。

「なつめちゃん、見て。これはおじいちゃんがねえ」

亀次郎は寺子屋へ持って行くらしい筆記具を取り上げ、なつめに見せびらかそうとする。その亀次郎を「こら」と郁太郎が小突いた。

「お前はまだ仕度ができてないだろう」

「お邪魔してごめんなさいね。亀次郎ちゃんは仕度を続けて。寺子屋に遅れてしまってはいけないわ」

「そうだよ。遅れたら佐和先生に叱られるぞ」

郁太郎の脅し文句が亀次郎に効いたのを見届けてから、なつめは「富吉ちゃん」と声をかけた。

「ちょっと下に来てもらえるかしら」

「はい」

富吉は飛び立つような勢いで元気よく返事をした。なつめは先に階段を下り、富吉が下りて来るのを待つ。

それから少し迷ったものの、部屋の中より外の方がよいと思い、富吉を庭に連れ出した。

「お手伝いですか」

よく晴れた空の下、富吉はますます元気のよい声で尋ねる。

「ううん、二日間もう十分お手伝いしてもらったわ」

「まだまだです。おいら、菓子作りのお手伝いがしたいんです」

富吉の明るい声は聞いている方にも元気をくれる。なつめは表情を和らげると、

「そう。富吉ちゃんはお菓子が大好きだったものね」

と、微笑を浮かべて言った。「はい」と勢いよく応じた富吉は、

「おいら、お兄ちゃんや亀次郎と一緒に、菓子を作る人になりたいんです」

と弾む声で言ってから、先を続けた。

「父ちゃんは菓子を売り歩くのは無理だって言うけど、おいら、あきらめたくないんだ」

富吉は父のような行商人になりたいという夢も持っていて、それが菓子作りの夢と重ならないことを知ってがっかりしていたことがある。

「富吉ちゃんはとてもしっかりしてるのね。いつも手伝ってくれて、洗い物だって上手にできて、小さいのにすごいなって、私、思っていたのよ」

本当にありがたかったわ――と改めて礼を言うと、富吉は嬉《うれ》しそうに笑った。

それから、なつめは訊《き》きたいことがあるのだと切り出した。

「実は昨日、富吉ちゃんと郁太郎坊ちゃんのお話が聞こえちゃったの。富吉ちゃんが『けいさま』と呼ぶ人はどういうお方なのかしら」

なつめの問いかけに、富吉は不思議そうな表情を浮かべた。

「けいさまは、おいらの家の近くに住んでるお医者さまだけど……」

「そのけいさまって、ひょっとしたら私の知っている人かもしれないの。よかったら、富吉ちゃんの知ってるけいさまがどんな方か、もう少し教えてもらえない？」

富吉は何を答えればいいのか分からない、という顔つきで黙っている。

「けいさまは男の人なのかしら、それとも女の人？」

「男の人です」

ごく単純な問いかけを持ちかけると、富吉は迷うそぶりもなくすぐに答えた。

「じゃあ、年の頃はどのくらいかしら。私と同じくらい？　それとも、富吉ちゃんのお父さんくらい？」

「なつめお姉さんよりは上で、父ちゃんよりは下だと思う」

条次郎は三十路《みそじ》を少し超したくらいか。ならば、けいさまという人物は慶一郎と同じ二十代と見てよいだろう。

「けいさまの、ちゃんとしたお名前は知っているのかしら?」

富吉は黙って首を横に振った。その申し訳なさそうな表情に、なつめははっと我に返って反省した。

「困らせてしまってごめんなさいね」

「あの、父ちゃんはおいらよりよく知ってます。父ちゃん、今日、ここに来るから」

なつめを落胆させまいとして言うけなげな言葉が胸に沁《し》みた。「そうね」と応じた後、

「富吉ちゃんは今日、お父さんと一緒に出立してしまうのね」

寂しくなるわ——と、なつめは残念そうな声で続けた。富吉もしょんぼりとした表情を浮かべたが、

「でも、また父ちゃんと一緒にここへ来ます」

と、顔を上げて言う。

「ええ。坊ちゃんたちも私も皆、楽しみに待っているわね」

富吉は今日もおまさから用事を頼まれることがなければ、なつめの手伝いをすると言って、仕舞屋《しもたや》の方に戻って行った。なつめは富吉の背中を見送ってから、厨房《ちゅうぼう》へと向かう。

富吉の話から、けいさまが女人や老人でないことは分かった。医者というのが昔の慶一

郎とは結びつかないが、後から医学を身につけたこともあり得るだろう。

過去を捨てて生きていかねばならぬ時、兄がそれまでとはまったく別の道を選んでいても不思議ではない。

(私が菓子職人の道を選んだように――)

そう思いながら、なつめは厨房の戸を開けた。毎日小豆《あずき》を煮て砂糖を使う厨房には、ほのかに甘いにおいがしみついている。まだ煮炊きを始めていないのだが、そのにおいはなつめの鼻にふわりと入り込んできた。

(何だか、落ち着く)

兄かもしれない人の話を聞きかじり、追い立てられるようだった気持ちが静まってくる。

なつめは我に返り、心を別のことにとらわれたまま仕事にかかろうとしていた自分に気づいて反省した。

(ここは、職人以外、立ち入ることのできない厨房なんだわ)

なつめは深呼吸してから、いつものように小豆の具合を確かめ、道具の用意に取りかかった。すると、意識しないでも兄のことにとらわれず、目の前の仕事に集中することができる。

久兵衛がやって来て、厨房での菓子作りが始まった。なつめも餡《あん》をこしらえたり、洗い物をしに井戸を往復したりと忙しくなる。

富吉は庭に姿を見せなかった。

やはり、出立の仕度などで暇がないのだろう。一生懸命手伝いをしてくれた富吉の姿がふと思い出され、明日にはもういないのだと思うと、やはり寂しさを覚える。

なつめが洗い物をこなし、その後も厨房と井戸端を行き来しているうちに、やがて昼になった。

「いったん休憩だ」

という久兵衛の言葉で、なつめはほっと一息ついた。いつもは昼餉《ひるげ》を摂るために仕舞屋へ向かうのだが、この日は厨房を出る前に、外から戸が叩《たた》かれた。

「お前さん、ちょっと」

おまさの声である。

「何だ。今からそっちへ行くところだ」

久兵衛が応じながら、自ら厨房の戸を開けた。

「実はね、粂次郎さんがちょっと前に見えたんだけれど」

おまさは戸口のところで早口に告げた。

「昼過ぎになるんじゃなかったのか。ずいぶん早かったんだな」

久兵衛が意外そうに言ったが、その口ぶりはのんびりしている。

「仕事が早く片付いたんですって。だけど、もういないのよ」

おまさが困惑と申し訳なさの混じった声で言った。

「もういないって。富吉もか」

驚きで、久兵衛の声が跳ね上がる。

「ええ。富吉ちゃんを連れて慌てて帰っちゃったんですよ。お前さんにも挨拶したいけど、急な用事ができたんで申し訳ない、よろしく伝えてくれって。あたし、厨房に声をかけるからちょっとだけ待ってほしい、主人からも話があるみたいだからって、お頼みしたんですよ。でも、今日は本当に暇がない、また来るからって」

「じゃあ、富吉と子供たちも会わず仕舞いになっちまったのか」

「ええ。子供たちはまだ寺子屋から帰ってませんから」

おまさは溜息《ためいき》混じりに言った。

「富吉ちゃんもずいぶんごねてたんだけど……」

とにかく、急な用事ですぐ出なくちゃいけないの一点張りだったそうだ。

「何があったのか、訊かなかったのか」

「ええ。ばたばたと出て行かれてしまって。ただ……」

少し変な感じだったのよね――と、おまさは独り言のように言って首をかしげた。

「変とは……？」

「粂次郎さん、ここへ戻って来た時は、特に急いでいるふうにも見えなかったのよ。仕事が早く片付いたっていうのも、たまたまみたいな口ぶりだったし。それで、麦湯でも淹《い》れましょうと言って、あたしが台所に行って戻って来たら、急に様子が変わっていたのよ」

早くも出立の用意を調《ととの》えており、麦湯も飲まずにすぐに帰ると言い出したのだそうだ。

「おかしな話でしょう？」

おまさは今でも首をかしげていたが、なつめの顔色は変わっていた。

（粂次郎さんは、富吉ちゃんから私の話を聞いたんだわ）

なつめがけいさまについて知りたがっていると聞いた粂次郎は、その前に立ち去ったということではないのか。先走って幼い富吉にいろいろと尋ねてしまったことを、なつめは浅はかだったと後悔した。

（粂次郎さんはけいさまについて、私に話したくないのかもしれない。ならば、けいさまはやっぱり――）

なつめが思いつめた時、

「そりゃあ、俺のせいかもしれねえな」

と、久兵衛が突然言い出した。

「どういうこと？」

おまさが驚いた様子で訊き返し、なつめも久兵衛に目を向けた。

「富吉のやつが菓子作りに心を寄せているふうだったんでな。ここで菓子作りを習いたいかって訊いてみたんだ。そしたら、あいつ、そうしたいって真剣に言うもんで、なら親父さんに俺から話してみようって約束してたんだ」

「まあ、そんな話をいつの間に……」

おまさはさらに目を瞠《みは》った。

「もちろん今すぐってわけじゃねえ。まあ、あと二、三年もして、富吉が親父さんのそばを離れてもやっていける頃合いになったら、見習いとして預けてもらえねえかって、切り出してみるつもりだったんだ」

「だけど、その話のどこが粂次郎さんを困らせるんです？　富吉ちゃんが望んでるなら悪い話じゃないし、都合が悪いなら断ってくれればいいだけなのに」

おまさがもっともなことを言う。

「粂次郎さんには都合が悪いんじゃねえかな。いくら連れて歩くのが大変とはいえ、倅《せがれ》と離れ離れになるのはつらいだろうし。角が立たねえような断り方も思いつかなくて、取りあえず話を聞く前に去っちまおうと考えたのかもしれねえ。次に来る時までに、うまい断り方を見つけとくか、富吉を説得しておけばいいんだからな」

「次は、秋頃にまた来るっておっしゃってましたけどねえ」

おまさが寂しそうに溜息《つ》を吐きながら言う。

「まあ、俺の考え違いかもしれねえ。本当にただ急な用事を思い出しただけかもしれねえんだ。二度と会えねえわけじゃなし」

久兵衛が気を取り直した様子で言い、厨房を出て仕舞屋の方へ向かった。

「子供たちがどうして引き止めてくれなかったのかと大騒ぎしそうですねえ」

おまさがその後に続いて呟《つぶや》いている。

「そこは、お前がうまく言って聞かせるしかねえだろ」

そんな二人のやり取りをぼんやりと聞きながら、なつめは厨房を出て戸を閉めた。

粂次郎が慌てて立ち去ったのは、やはり自分のせいだろうと思う。

（富吉ちゃんを困らせただけじゃなく、坊ちゃんたちとお別れを言う機会まで失わせてしまったんだわ）

何も知らない久兵衛とおまさのことも困惑させてしまった。久兵衛の言う事情だけならば、粂次郎とて何も逃げるように去って行きはしなかっただろう。

自分の先走った行動のせいで、皆に申し訳ないことをしてしまった。そして、なつめ自身、粂次郎から真相を聞かせてもらう機会を逃してしまった。

（次に、粂次郎さんが来る秋まで、ただ待つことしかできない）

兄につながる手がかりと思えるものを見つけた――と思ったそばから、それはすり抜けていってしまった。

二

上野の菓子舗氷川屋の仕舞屋では、主人勘右衛門がたった今、苦渋の決断を下し、番頭にそれを告げたところであった。

昨年末から乗り出した新しい商いの戦略――たい焼きの屋台売りは大成功したと言っていい。そもそも、たい焼きは照月堂と辰巳屋《たつみや》が考え出した菓子だが、それを屋台で売るという方法を考え出したのは勘右衛門自身である。

だから、あれはもう氷川屋の菓子と言っても過言ではない——勘右衛門は本気でそう考えていた。

しかし、咲いた桜が瞬《また》く間に散り、暖かな陽気が感じられる時節になると、屋台のたい焼きは次第に売り上げが落ちていった。まず、昼間に売れなくなった。夕方が近付き、風が冷えてくる頃合いには、それなりに売れるものの、ひと時の売り上げに比べれば今や半分以下だ。

「このまま続けても、職人を遊ばせておくだけでしょう」

番頭からは、屋台の数を減らし、職人を厨房へ戻した方がよいと進言された。さらに、たい焼きを売るのは三月までとし、秋が深まるまでは屋台を出すのを取りやめてはどうかとも言われた。

確かに、焼き上がったばかりの熱々という点が売りのたい焼きは、夏に売れる菓子ではない。番頭に言われるまでもなく、勘右衛門自身も分かっていたことで、夏になれば撤退すべきなのは明らかだった。

だが、それならば照月堂がそうしているように、冷えてもおいしいたい焼きとやらを店で売ることにしてはどうかと、勘右衛門は考えていた。たい焼きの屋台売りを始めたことで、江戸のあちこちに氷川屋の名は知れ渡ったはずだ。「たい焼きの氷川屋」という印象が根付いた今こそ、屋台売りはやめても、店でたい焼きを売り続け、新たな客をつかまなければならない。

だから、冷めてもおいしいたい焼きを作れ――と、厨房の職人たちに命じたのだが、これというものは作り上げられなかった。冷えれば皮が固くなってしまい、途端に味が落ちてしまうのを、どう改良することもできなかったのだ。

「ええい、それなら照月堂のたい焼きの作り方を探り出せ」

と言ったのだが、親方の重蔵は無言を通し、番頭は渋い顔をした。

「照月堂の新たなたい焼きは〈子たい焼き〉というそうです。が、これが茶人の間でなかなかの評判のようでして、うちが似た菓子を出せば、それこそ二番煎《せん》じと言われるでしょう。元のたい焼きは買うのが町人でしたから、そのあたりもいい加減でしたが、茶人の方々はその点、目利きでもいらっしゃいますので」

「うちが二番煎じだと！」

勘右衛門は目を剝《む》いたが、

「万一ということです。そのような評判を立てられたら最後、主菓子《おもがし》の注文が入りにくくなってしまいましょう」

番頭は主人から目をそらし、淡々と答えた。

結局、勘右衛門は三月いっぱいでの屋台の撤退を決め、新しいたい焼きを店で売り出すことをあきらめねばならなかった。

親方と番頭を下がらせた後も、苛立《いらだ》たしさは払いのけることができない。

何もそこまで腹を立てるようなことではない――冷静に考えればそう思うこともできた。照月堂からたい焼きを譲られた辰巳屋を追い込み、たい焼きを売り出せないようにしたのである。辰五郎という職人を引き入れることには失敗したが、辰巳屋に店を閉めさせることはできた。

そして、たい焼きの作り方を見つけ出し、屋台売りを始めたことで、氷川屋はこの冬、売り上げをずいぶんと伸ばすことに成功したのである。

万々歳だ、と思えばいいはずなのに、なぜかそうならない。

この胸に押し寄せる焦燥と苛立ちは何なのだろう。

先ほど番頭が口にした話――照月堂の子たい焼きは茶人たちからの評判がいいという話が、喉に刺さった小骨のように不快だからか。それも無論あるが、苛立ちの大本《おおもと》ではない。

では、何か。

やはり、あの照月堂の主人久兵衛の菓子の腕前に対し、どうしても不安が消せないせいだ。競い合いの時に食べた〈菊のきせ綿〉。あの菓子を味わって分かった。あの主人の腕は主菓子を作るためのものだ、と。そして、本人もまた、それを強く望んでいるはずだ、と――。

今はまだ、お武家から主菓子の注文を受けるような店ではないが、いずれのし上がってきそうな予感を生じさせる。その時、氷川屋は照月堂に追い越されることなく、常に照月堂の前を行くことができるだろうか。

つまるところ、今の氷川屋の職人たちだけでは、その自信が保てない。そういうことなのだった。そして、

（私のこういう勘は当たる）

と、勘右衛門は確信していた。

だが、久兵衛ほどの職人を見つけ出すことができるかといえば、それはたやすいことではない。今、氷川屋の厨房を任せている重蔵とて、前にいた菓子屋から強引に引き抜いてきた男なのだ。その腕前を決して軽んじているわけではないが、あの久兵衛の腕前には劣ると認めざるを得なかった。

（あの辰五郎という職人が素直にうちの店に来てくれていれば――）

返す返すも口惜しいが、たい焼きの件で痛めつけてしまったために、すでに氷川屋に対する気持ちは最悪のものになっているだろう。

あの男が照月堂に戻ったら厄介な話だと思ったが、幸いなことにそうはならなかった。どうやら照月堂を出る際に、久兵衛との間にいざこざがあったらしいから、その心配はしなくてもよさそうであった。

それでも、氷川屋の職人の腕前が久兵衛一人に敵《かな》わないことに変わりはないのだ。それを何とかしなければ――。

（そういえば、照月堂は職人が見つからなくて、女人に厨房を手伝わせていたはずだ）

そう、競い合いの時にも顔を見せていた、なつめという娘だ。あの時は大したことはせ

ず、菓銘をつけただけという話だったが、今は厨房で久兵衛の弟子のようなことをしているらしい。

（あの娘とは、しのぶが仲良くしていたな）

その手のことはすべてつかんでいる。なつめを通して、照月堂の内部を探ることはしのぶが承知しなかったが、それはまあいい。しのぶがそのように反抗するのは元より織り込み済みだ。

そして、親に内緒でなつめとの付き合いを続けているのも、口を挟むほどのことではないと放置しておいた。いつか、役に立つことがあるかもしれない、と。

（あのなつめという娘がいなくなれば、照月堂は困るのではないか）

ふとしたその思いつきを、勘右衛門はよくよく頭の中で考え直してみた。

いくら久兵衛が見事な職人であったとしても、しかるべき客からの注文に応え、それなりの数をそろえた主菓子を作り上げていくためには、仕事を手伝ってくれる弟子が必要だろう。まともな男の職人がおらず、女に頼るしかない照月堂は今でも人手不足に悩んでいるに違いない。その、ただ一人の手すらなくなれば——。

間違いなく、照月堂を困らせることができる。

そして、照月堂が新たな職人を雇い入れようとした時、その邪魔をする方法ならいくらでもある。その者たちを片端から氷川屋に雇い入れてしまうのも不可能ではないし、照月堂は職人の待遇が悪いという噂《うわさ》を流してもいい。職人が居つかないのは事実なのだから、まんざら嘘《うそ》ではないはずだ。

(となれば、あのなつめという娘をどうやって引き抜くか、という話になるが……)

見たところ、芯のしっかりした娘のようだから、甘い言葉につられるとは思えなかった。ならば、ここでしのぶを使うしかあるまい。こういう時のために、泳がせておいたのだ。しのぶも十六歳になった。そろそろ、氷川屋の跡取り娘として、役に立つ仕事をしてもらわなければならないだろう。

勘右衛門は立ち上がると、戸を開けて女中を呼んだ。

「しのぶに、すぐにここへ来るよう伝えなさい」

かしこまりました、と答えて女中が去って行くと、勘右衛門は再び部屋の中へ戻り、しのぶをどう説得したものか、考えをめぐらし始めた。

「えっ、なつめさんを?」

あれこれと遠回しな前置きをせず、単刀直入に切り出した勘右衛門の言葉を聞き、しのぶは息を呑《の》んだ。

「そうだ。照月堂で女だてらに菓子の修業をしているなつめさんを、私もぜひ応援したい。ついては、なつめさんを氷川屋へ迎え入れるのがいちばんだ」

「待ってください、父さま。辰巳屋のご主人に飽き足りず、今度はなつめさんを引き抜いて、照月堂さんを困らせようというのですか」

しのぶは咎《とが》めるような眼差《まなざ》しを父に向け、言い返した。勘右衛門は思い切り大きな溜息を吐いてみせる。

「人聞きの悪いことを言う。それはお前の誤解だが、まあいい。辰巳屋の主人をうちに引き入れようとしたのを知っているということは、お前はなつめさんとかなり親しくお付き合いをしているということだな」

「それは――」

しのぶは父から目をそらし、あいまいに言葉を濁した。

「お前を咎めようというのではない。私はもとより、お前にはなつめさんと親しくすればいいと言ってあったはずだ」

「それはそうですけれど……」

「ならば、隠すこともないだろう。いずれにしても、お前がなつめさんと親しいのであれば、お前からなつめさんをうちに誘ってくれないか。その方がなつめさんとも本音で語り合えるだろう」

「私がなつめさんを誘うですって？」

しのぶは思わず顔を上げ、父を茫然《ぼうぜん》とした目で見返した。

「何を驚くことがある。仲の良い相手に、自分の店に来てほしいと望むのは、当たり前のことではないのか。それとも、お前はなつめさんが職人になるのを応援する気持ちがないのか」

「そんなことはありません。私は誰よりもなつめさんを応援しています」

飛びつくような勢いで、しのぶは言い返した。

「ならば、友として手助けしてやらないでどうする。なつめさんを大店《おおだな》である氷川屋に迎え、十分な修業をさせ、時にはお前もなつめさんの作った菓子を味見し、意見を言ってあげるべきだろう。何、私は堅いことは言わない。女人の意見がこれから先の菓子を形作ることとてあるだろう。お前となつめさんの二人で、男の職人たちが考え出せなかった新しい菓子を作り出し、氷川屋を盛り立てていってほしいと思うだけだ」

勘右衛門の滑らかな口ぶりに、しのぶは黙って聞き入っていた。やがて、勘右衛門が口を閉じると、

「それは、確かにすばらしい話のように思えますが……」

しのぶは控えめな口ぶりながら、心を動かされた様子で呟いた。しかし、一瞬後には我に返った表情になると、

「でも、なつめさんは照月堂さんを裏切るような真似《まね》はなさいません」

と、父を見返しながら、きっぱりと告げた。

「何を言う。私はなつめさんに照月堂を裏切らせるつもりはない。円満にあちらを辞めて、うちへ来てくれればいいのだ」

「そんなことができるはずないじゃありませんか。父さまがしているのは、余所《よそ》の菓子屋から大事な職人を奪うことに他なりませんのに」

「そういきり立っては話ができぬ。そもそも、私が辰巳屋の主人に来てほしいと思ったのは事実だ。しかし、あの主人は照月堂をすでに出ていたのだから、引き抜きではないだろう。別に照月堂を困らせてはいないはずだ」

「でも、父さまはたい焼きの屋台売りを始めて、辰巳屋さんを困らせたではありませんか」

しのぶの詰問口調に対し、勘右衛門は少しも怯《ひる》まなかった。

「あれは、そうすれば頑固な辰巳屋もすぐに折れてくれると思ったからだ。それに、屋台売りは何も辰巳屋の真似をしたわけではない。しかし、辰巳屋は落ちなかった。これは誤算だったがね」

「辰巳屋さんに来てほしいのなら、どうして頭を下げてお頼みにならないのですか。それが筋というものではありませんか」

「何を言うか。私はちゃんと頼んだ。まあ、私自身が辰巳屋へ足を運ぶことは暇もなくてできなかったが、別の者を行かせて礼は尽くしたつもりだ。だが、聞き容《い》れてもらえなかったから、少し強引な手を使ったというだけのこと。まあ、今となっては私もそのことは悪かったと思っている」

どうだか疑わしいという眼差しのまま、しのぶは無言であった。勘右衛門はさらに言葉を継いだ。

「その証《あかし》に、たい焼きの屋台売りはやめるつもりだ。折を見てもう一度、辰巳屋にはきちんと頼んでみよう。その際には、お前の言う通り、私自身が頭を下げて頼むつもりだ。だがな、もしかしたら、辰巳屋は照月堂に戻りたいのではないかと、私は思っている」

「辰巳屋のご主人が照月堂さんに？」

しのぶは思ってもみなかったという様子で首をかしげた。

「うむ。辰巳屋は店を閉めたそうだが、元の店である照月堂には戻らなかった。それはなぜだと思う？」

「そんなこと、私には……」

「私は、今の照月堂にはなつめさんがいるからだと思っている」

「なつめさんが？」

何を言い出すのだという表情で、しのぶは訊き返した。

「辰巳屋が戻れば、なつめさんの居場所はなくなる。そもそも腕が違いすぎるだろう。そこを考えて辰巳屋は遠慮しているのだ。ところが、もしもなつめさんがうちへ来たら、どういうことになると思う？」

「辰巳屋さんは照月堂さんのもとへ戻るというのですか」

疑わしげなしのぶに向かって、勘右衛門は自信ありげにうなずいてみせた。

「そうだ。そして、それこそが照月堂の主人にとっても一番の望みであろう。なつめさんにいろいろ教え込むより、辰巳屋に任せた方が安心して仕事ができる。だが、うちは職人も数が多く、余裕もあるから、なつめさんをうまく育てていけると思うのだ。私の言うことがお前にも分かるだろう?」

「本当に、父さまはなつめさんを育てたいと考えているのですか? 照月堂さんを困らせたいと思っているわけではないのですか」

しのぶは念を押すような口ぶりで訊いた。「本当だ」と勘右衛門はしのぶから目をそらさずに答えた。

「なつめさんを応援するのはお前の友人だからだ、などと言っても信じはしまい。もちろん、そんなことで、私は職人を後押ししたりしない。私は、なつめさんが女であることに意味があると思っている。先にも言ったが、お前となつめさんで、男の職人では気づかぬことを発見してほしいのだ。新しい風をこの氷川屋に呼び込んでほしいとな」

私がなつめさんを望む理由はただそれだけで、照月堂を困らせようなどという気持ちはさらさらない――勘右衛門は改めて言い切った。

「むしろ、私のすることは照月堂を助けることになると思うのだがね」

勘右衛門が独り言のように駄目押しした言葉に、しのぶは返事をしなかった。勘右衛門は自分の目的がほぼ達成されたことを実感した。

「では、なつめさんの説得をよろしく頼む。もちろんうまくいかなかったからといって、お前を責めるつもりはないが、うちの店のため、跡取り娘のお前にもできるだけのことをしてもらいたい」

話はこれで終わりだ、もう自分の部屋へ戻りなさい、と勘右衛門は告げた。しのぶは素直に立ち上がると、思いつめた表情のまま、部屋を出て行った。

三

しのぶが照月堂を訪ねて来たのは三月も下旬の頃であった。その日の仕事を終えて厨房から出て来た時、なつめは呼び止められた。しのぶは照月堂の裏庭に入る枝折戸《しおりど》の外のところにいた。

「しのぶさん、よく訪ねて来てくださいました」

なつめが声をかけても、しのぶは中へ入って来ようとしなかった。そこで、なつめは枝折戸まで駆け寄って、

「お会いできて嬉しいわ。お花見の時はいろいろとありがとうございました」

と、弾んだ声で挨拶したが、しのぶはぎこちない笑みを浮かべただけである。

「どうしてそんなところに？　庭へ入ってくだされればいいのに」

なつめが不思議に思いながら尋ねると、「いいえ、私はいいの」と小さな声が返ってきた。

「なつめさんにお話があるのだけれど……」

「それなら、中へお入りください。庭には小さいけれど座れる石もありますし……」

「いいえ」

しのぶはどことなく硬い調子で首を横に振った。

「なつめさんがお帰りになるまで、どこか近くで待っております。帰り道に少しお話しできたらと思うのですが……」

照月堂の中で話すのは具合の悪い話なのかもしれない。なつめは「分かりました、すぐに仕度をしてきます」と言い置いて踵《きびす》を返した。母屋《おもや》へ入っておまさに挨拶してから、枝折戸まで取って返す。

「お待たせしました、しのぶさん」

なつめが枝折戸をくぐると、「急に来て、勝手なことをごめんなさい」としのぶは小さな声で謝った。

「謝ることなんてないわ。私はしのぶさんと、歩きながらおしゃべりできて嬉しいもの」

なつめは明るい声で言ったが、いつもなら「本当にそうね」などという言葉が返ってきそうなところを、しのぶは黙り込んでいる。

二人は歩き出したが、しばらくの間、沈黙が続いた。

しのぶは悩みごとを抱えて相談に来たのだろうか、となつめは心配した。またも、氷川屋の主人が関わっているのではないか。どこまで力になれるか分からないが、友としてできるだけのことをしたい、せめて心の慰めになれれば、と思う。

そうするうち、細い路地を出て、開けた通りに出た。

「どうしましょう。私はいつも大休庵へまっすぐ帰るのですけれど、しのぶさんのお家の方が遠いですし、上野に向かって少し歩きましょうか」

話が長くなるのではないかと思い、声をかけると、しのぶは「いいえ」と答えた。

「なつめさんは疲れているでしょうし、このまま大休庵へお供します。私は後で駕籠《かご》を拾いますから、気にしないでください」

なつめは「分かりました」とうなずいた。

「それに、お話はすぐに済むの」

歩きながら、しのぶはぽつりと呟くように言った。顔は前方へ向けられたままである。

「どんなお話なのですか」

なつめは深刻な雰囲気を和らげるべく、穏やかな声で問うた。

すぐには話し出さず、しのぶはそのまま数歩進み続ける。が、突然立ち止まると、体ごとなつめの方に向き直り、「なつめさん」と思いつめた声を出した。

「はい」と答えて、なつめも足を止め、しのぶの方に向き直る。

「今日はなつめさんに言《こと》づてがあって、お訪ねしたんです。私の父さまからの言づてを預かって……」

思い切ったようにしのぶは言う。その声は苦しげだった。

「氷川屋さんからの言づてを?」

思ってもみなかったしのぶの言葉に、なつめは驚いた。氷川屋がいったい、自分に何の話があるというのだろう。

「あのね、なつめさんにこんなことを告げるのは、私としてはとても心苦しいの。正しいことではないと思うし、一度は私、反対もしたのよ。でも、父さまの考えは変わらなかった。結局、断り切れず、言づてを預かってしまうようなことになって……」

しのぶは申し訳なさそうに言葉を継ぐばかりで、なかなか本題へ入っていこうとしない。

「しのぶさんは言づてを預かってきただけなのでしょう？　それがどんな内容だとしても、しのぶさんのお気持ちとはまったく関わりないわ。ちゃんと心づもりして聞きますから、そんなに心配しないでください」

なつめはしのぶを安心させるように明るく言った。

いくら氷川屋の主人でも、まさか「照月堂を叩き潰してやる」などという言葉を娘に伝えさせはしないだろう。とはいえ、最悪の事態を想定しておけば、何を聞かされても驚かないでいられる。そう思っていたのだが……。

「それでは、申し上げますね」

しのぶは意を決するふうに、一つ深呼吸をすると、

「なつめさんに氷川屋へ来てほしい――もちろん職人としてです。父さまはそれを望んでおり、なつめさんに伝えてほしいと言いました」

と、一気に告げた。「えっ」という呟きが自分の口から漏れたことにさえ、なつめは気づけなかった。

「ま、待ってください」

さすがに驚いて、なつめは問いただした。

「それって、私を引き抜こうっていうお話ですか?」

「そういうことになると思います」

「その、私などは職人として一人前ではありませんし、本来なら私程度の者が抜けたところでお店を困らせることにはなりません。でも、照月堂には今、旦那さんをお手伝いする職人が他にいないんです。そういう時に私を引き抜くのがどういうことか、氷川屋さんは分かっていて……」

なつめの言葉はそこで途切れた。

「なつめさんはこんな話、受け容れられませんよね。照月堂さんを離れることなんて、できませんよね」

「せっかくのお話ですが、その通りです」

そう言うしかなかった。しのぶも、そうだろうというように大きくうなずいた。

「私はもちろん、なつめさんのお返事をお聞きする前から分かっておりました。父さまにもそう申しました。それなのに……」

「しのぶさんはお父さまの言いつけに逆らえなかっただけでしょう? しのぶさんが私の気持ちを分かってくれているように、私もしのぶさんのお立場を分かっておりますから」

なつめはしのぶの手を取った。しのぶの指先はひどく冷えていた。

「私……」

しのぶはなつめから目をそらし、うつむいたまま呟いた。

「それだけじゃないんです。父さまに逆らえなかったって言うのは楽だけれど、無視することだってできました。それでも、父さまの言葉をそのまま伝えたのは、私自身の中に、もしかしたらっていう思いがあったからなんです」

しのぶの指先がかすかに震えていることに、なつめは気がついた。

「私がもしかしたら、しのぶさんのお父さまの言葉を受け容れて、氷川屋さんの職人になるかもしれないという意味ですか」

しのぶがそんなふうに考えたということに少し疑問を持ちつつ、なつめは訊き返した。

「何ていうか……私ね、心のどこかでそうなったらどんなにすてきだろうと、思ってしまったんです」

しのぶはそう打ち明けてから、恐るおそる顔を上げた。

「もちろん、無理にお誘いするつもりなんてありません。なつめさんを困らせたくはないんです。でも、私、なつめさんより他に、心の通じ合える人がいなくて」

子供の頃、なかなか友人ができなくてつらかったと、しのぶは前に打ち明けてくれた。その時のことを、なつめは思い出していた。

「習い事の席で、同い年くらいの人とおしゃべりをすることはあります。うちで働いてくれる女中さんたちとも仲が悪いわけではないの。でもね、なつめさんのような人は一人もいないんです」

しのぶの潤んだ目がすがりつくような光を帯びて、なつめを見つめていた。

「私の話をなつめさんはいつもちゃんと向き合って聞いてくれるし、私はなつめさんの菓子作りの話を聞くのが大好き。前に〈しのぶ草〉を作ってくれた時、私、本当に楽しかったの。自分が作るわけでもないのに、なつめさんと一緒に一つのお菓子を作り上げている気がして。もしなつめさんがうちの職人になってくださったら、毎日ああいうことができるんじゃないかしらって思ったら、私……」

「氷川屋さんの職人にならなくったって、私はしのぶさんの友人だし、頼まれればいつだってしのぶさんのためにお菓子を作ります。これからだって、ずっと」

なつめはしのぶの手をぎゅっと握り締め、励ますように言った。だが、しのぶは握り返してはこなかった。その目の中に、悲しく寂しげな色が浮かんでいることに、なつめは気づいた。

「なつめさんが来てくださったら、私、氷川屋のことも好きになれそうで……」

「えっ」

「氷川屋は私の生まれ育ったお店です。もちろん嫌いというわけじゃないの。大事にも思っています。でも、父さまのしていることを知る度に、少しずつ氷川屋から心が離れていってしまうようで」

なつめは返事をすることができなかった。

「なつめさんが氷川屋の菓子を作ってくださったら、私も氷川屋のために頑張ろうという気持ちになれると思ったの。今のままでは、私は形だけの跡取りでしかないんですもの」

しのぶの気持ちは分からなくなかった。氷川屋の跡を継ぐという運命を受け容れる時、できるなら自らの意思に近い形で、その道に進みたいということだろう。

なつめが来てくれれば、自分は氷川屋を背負う覚悟が持てそうだと、しのぶは言っているのだ。

（それでも、氷川屋さんをどうしていくかはしのぶさんの問題で、私が関われることではないわ）

そう思ったが、この答えをそのまましのぶに返すことはできなかった。

「しのぶさんのお気持ちはもったいないくらいですが、私はやっぱり照月堂で菓子職人を目指したいんです。大恩あるお店を困らせるわけにはいきませんし」

なつめが言うと、しのぶは真剣な目をして首を横に振った。

「なつめさんの言う通りです。照月堂さんにご迷惑がかかるようなことをしてはいけない、と私も思っています」

「それなら……」

「でも、なつめさん」

しのぶはなつめの言葉を遮ると、その時初めて、なつめの手を握り返した。細い指に思いがけない力がこもっていた。

「なつめさんが辞めても……照月堂さんが困らないとしたらどうですか」

「えっ。それはどういう――」

なつめが慌てて問いただした時には、しのぶの手はなつめから離れていた。

「……本当にごめんなさい」

しのぶはなつめの問いを避けようとするかのように、その場に頭を下げた。

「なつめさんのご返事はきちんと父さまに伝えておきます。でも、もしもなつめさんの気持ちが……その、万一にでも変わることがあったら……」

いいえ、それはたぶん無理でしょうね――と小さく呟き、しのぶは顔を上げた。だが、その眼差しはなおも下を向いたまま、なつめの方に戻ってはこなかった。

「今日はこれで失礼します」

しのぶはそう言い置き、歩き出した。

なつめはその背中を追いかけることも、声をかけることもできなかった。言葉を重ねれば重ねるほど、今まで積み上げてきたものが壊れてしまうような危うさを覚えたからであった。

――累卵《るいらん》の危うき。

かつてしのぶとの仲を市兵衛に占ってもらった時、聞いた言葉がふとよみがえった。

重ね上げた卵のように不安定な危うさ――それは今の自分の気持ちそのままと思えた。

四

なつめが照月堂を辞めても、照月堂が困らないとしたらどうか——というしのぶの言葉は、どういう意味だったのか。訊き返しても答えてもらえなかった。

（照月堂に今、私以外の職人がいないことはしのぶさんも知っている）

それでも照月堂が困らないということは、なつめが去った後、新たな職人が入ることを想定しているためではないか。

（もしかして、辰五郎さんが照月堂に戻ると考えたのかしら）

氷川屋に追い詰められて店を閉めることになった辰五郎のことを、しのぶも案じていた。辰五郎が照月堂に戻ればいい、どうしてそうならないのかと、しのぶは内心で考えていたかもしれない。

実際は、久兵衛が戻って来るよう勧めたのを辰五郎が断ったのだが、その事情をしのぶに話してはいなかった。

（私がいるから、辰五郎さんが照月堂に戻って来にくいと、しのぶさんは思ってしまったのかもしれない）

だが、それは誤解だ。辰五郎が自分に遠慮するなどということはあり得ない。辰五郎が照月堂に戻るという安易な道を選ばないのは、自分の目指す菓子の道をまっすぐ進んで行くためなのだから。

（それで、間違って……いないのよね）

ふと、なつめは自問した。間違っていないはずだと思う。

だが、辰五郎が戻れば、なつめの厨房での扱いは変わるだろう。そんななつめを気の毒に思って、辰五郎が気兼ねした——そういうことは本当にないと言えるのか。

いずれにしても、氷川屋からの誘いがあったことを、久兵衛には知らせておくべきだ。

それで、しのぶから話のあった翌朝、久兵衛と厨房で顔を合わせるなり、

「後ほど、お話ししたいことがあるのですが……」

と、なつめは告げた。久兵衛は「そうか」とうなずいた後、

「今日の七つ（午後四時）頃、親父が辰五郎を連れて来ることになってるんだ。お前にも関わりのある話だから、そこに顔を出してもらいたい。お前の話もその時聞こう」

と言う。当の辰五郎がいる席でいいだろうかと、少し考え込んだなつめに対し、

「親父たちがいない方が話しやすいっていうんなら、その少し前に聞くが」

と、久兵衛は続けた。市兵衛はともかく、辰五郎はいない時の方がいいかもしれない。

「では、辰五郎さんがいらっしゃる前にお願いします」

と、なつめは答えた。

それからは、いつもの作業が始まった。子たい焼きと饅頭《まんじゅう》に使うこし餡作りであれば、なつめももう滞りなくこなせるようになっている。毎日注意深く小豆と向き合い、水に漬

ける前から餡になるまで、小さなことでも見逃さないよう心掛けてきたのだ。一日ごとの積み重ねが、本当に少しずつだが自信につながっているようにも思う。

そんななつめの餡作りに、この日、久兵衛から新たな注文がついた。

「今日は、餡に加える塩をこれまでより少し増やす」

客には味の違いに気づかれない程度で――とのこと。

「まずは俺がやってみせるから、水気を抜き終えたところで声をかけろ」

客には分からぬほどの微妙な味の違いや分量を覚えておけ、と言う。さらに、

「一口に夏といっても、梅雨の前、梅雨の頃、梅雨明けでは全然違う。晴れているか、雨降りかでも、人の体の具合は異なるだろう。ということは舌の求める味も変わるということだ」

と、久兵衛の言葉は続いた。

なつめは聞き漏らすまいと久兵衛の話を聞き、すべてを胸に留めた。「分かりました」と返事をした時、ふといつもなら思い浮かばない言葉が頭の片隅をよぎっていく。

（ここにいるのが辰五郎さんだったなら、旦那さんは今みたいな話をしないで済んだはず）

一言、今日の餡を作れ――と言うだけで事足りただろう。初めての経験となることの多いなつめだからこそ、いちいち教え込まねばならないし、時には失敗があることも覚悟しなければならない。

久兵衛がそれをわずらわしいとか迷惑だとか思う人でないことは分かる。だが、今は照月堂にとって大事な時だ。北村家の出入りの菓子屋となり、これからは茶席の菓子の注文も入るだろう。そういう時に、せめて店で売る菓子の方をしっかり任せられる職人がいるのといないのとでは、状況は大きく異なる。

「何を突っ立っているんだ。早く取りかかれ」

久兵衛から厳しい口調で言われ、なつめは我に返った。「はい。ただちに」と言い終えるや否や、なつめは竈《かまど》の火を熾《おこ》しにかかった。

その日の後片付けがあらかた終わり、翌日の仕込みを始めようかという時になって、久兵衛は後はもういいと言って、なつめの作業を止めた。

「朝言ってた話って何だ」

と促され、なつめは緊張した面持ちでうなずいた。

「実は昨日の帰り、氷川屋のしのぶさんが待っていて。そこで、氷川屋に来てほしいと誘われました。しのぶさんではなく、氷川屋のご主人のお望みということですが」

なつめは一息に告げ、久兵衛の様子を見守った。が、久兵衛は動じることもなければ、驚いた表情も見せはしなかった。

「で、お前は何て答えたんだ」

いつもと同じ声で久兵衛は問い返す。

「その場でお断りしました。しのぶさんも、私がそう答えることは分かっていたようでしたが」

「そうか。なら、お前の思うようにすればいい。いずれにしてもよく話してくれた。辰五郎のように自分の胸に抱え込まれちゃたまらねえからな」

　久兵衛の言葉に、なつめははっと顔を強張《こわば》らせた。そういえば、辰五郎も氷川屋から同じような誘いを受け、言下に断ったはずだ。そして、その後、どうなったかといえば――。

（ひどい嫌がらせを受けたのだったわ）

　ただ、辰五郎の場合は、その予告らしきものを聞かされていたはずだ。昨日のしのぶの話に脅しめいたものはなかったが、だからといって嫌がらせがないとは限らない。

「あ、あの……」

　なつめが不安げな面持ちで口を開くと、言葉を続けるより先に久兵衛が語り出した。

「氷川屋がうちに何を仕掛けてこようと、お前が気にすることはない。また、氷川屋がうちの店でなく、お前相手に何かしてくるようなことがあったら、すぐに俺に知らせるんだ。いいな」

「はい」

「今は、北村さまという後ろ盾もついている。戸田さまも次に何かあれば力になると言ってくださっている。うちの店だって、為す術《すべ》がないってわけじゃねえんだから、それを忘れるな」

久兵衛の力強い言葉に、なつめはやっと肩の力を抜いて「分かりました」と応じた。

「それにしても、氷川屋のお嬢さんも難儀だったろう。父親の言葉にゃ逆らえねえだろうが、お前の気持ちを考えれば、なかなか切り出しにくかったに違いねえ」

しのぶを思いやる久兵衛の言葉に、なつめは静かにうなずいた。しのぶのつらさは分かっているつもりだったが、昨日は驚きと動揺が先に来て、しのぶを十分に慮《おもんぱか》ることができなかったと思う。

「ただ、私がお断りした時、しのぶさんはこう言ってたんです。私が辞めても、照月堂が困らないとしたらどうかって」

「それはどういう意味だ」

久兵衛が何のことか分からないという表情で訊き返した。

「私もその場で尋ねたのですが、それ以上は聞けませんでした。ただ、後になって気づいたんです。私が辞めれば、辰五郎さんが照月堂に戻って来やすいと、しのぶさんは考えたんじゃないかって」

「それはつまり、辰五郎がお前に気兼ねして、戻って来るのを遠慮してるってことか」

久兵衛の顔にあきれたような色が浮かんだ。

「気兼ねというか、私を気遣ってくださっている、というか」

「そりゃあ、ないな」

久兵衛はすぐに断じた。だが、なつめがしのぶの言葉を気にかけていることにも気づいたのだろう。

「気になるんなら、辰五郎に直《じか》に訊いてみりゃいいじゃねえか。ちょうどいい。これから親父が連れて来るんだ。お前から訊きにくけりゃ俺から聞いてやる」

「待ってください。そんな真正面から尋ねて、辰五郎さんが本音で答えてくれるとは思えません」

そんな成り行きになるとは思ってもみなかったなつめは、思わず久兵衛を止めた。が、その時、外の庭に人の現れた気配がして、どうやら市兵衛と辰五郎が言葉を交わすらしい声も聞こえてきた。

「おっ、ちょうど来たようだぞ」

久兵衛はなつめの言葉に取り合わず、そのまま厨房を出て行ってしまう。なつめは慌ててその後を追いかけた。


「あははっ。そりゃあ、ありませんね」

なつめが気に病んでいた問題は、辰五郎によって笑い飛ばされた。

母屋の居間に、市兵衛、久兵衛、辰五郎、なつめと顔をそろえた席で、久兵衛からすべての経緯《いきさつ》が打ち明けられた直後のことである。

なつめが氷川屋からの引き抜きを受けた話の時は、ひどく苦々しい顔つきをしていた辰五郎だが、照月堂へ戻らないのはなつめに気兼ねしてではないか、という話には首をかしげた。

「大方、氷川屋が言い出して、お嬢さんが真に受けちまったってとこだろうな」

という久兵衛の見立てを受け、

「なつめさんまで、もしかしたらって悩み始めちまったわけですか」

と言うなり、辰五郎は笑い出したのだ。

「大体、なつめさんは俺がこちらへ戻るのを断った本当の理由を、ちゃんと知ってるだろうに……」

「それはそうなんですけれど、いろいろ考えているうちに――」

「じゃあ、逆に訊くけど、もしも俺がこちらへ戻った時、なつめさんは俺との腕を比べて落ち込んだりするのかい？」

辰五郎から問いかけられ、なつめは慌てて首を横に振った。

「そんなことはありません。第一、私が辰五郎さんに敵わないのは当たり前で、そもそも比べたりなんて……」

「俺だって、そんなこと分かってるよ。なつめさんがそのくらいで音《ね》を上げたりしないってこともね」

もちろんご隠居さんも旦那さんも――と続けられて、なつめは二人を前にありがたさときまり悪さを同時に覚えた。

「ご隠居さんは別かもしれないが、もともと旦那さんも俺も、女が菓子職人を目指すなんて反対だったんだ。なつめさんはそれを分かってて、この道に入った。なら、そのくらいの覚悟があるのは当たり前だろうよ」

辰五郎の言う通りだと思った。そもそも、居場所など初めからなかったのだ。曲がりなりにも今、居場所と呼べるものがあるとしたら、それは腕もなければ男でもないなつめが少しずつ築き始めているものだ。どんなに小さくて狭い場所でも、容易《たやす》く誰かに奪われたり、壊されたりするようなものではない。

（本当によかった）

気がねすることなく、これからも久兵衛の下で一心に修業に励むことができる。そのことが心の底から嬉しく、ありがたかった。

なつめの表情から不安の色が消えたことを察したのだろう、「それじゃ、まあ、なつめの話は一段落ということでいいだろう」と久兵衛が話を切り上げた。

「で、ここからは俺の話をさせてもらうが、今の話とも関わるんだ」

久兵衛はそれから、照月堂が北村家の出入りとして認められたこと、近々、茶席の主菓子の注文を受けていることなどを、淡々とした口調で告げた。

「主菓子は俺が作るが、店に出す菓子作りもある。なつめ一人に任せるにはまだ早いし、人手が足りねえ」

久兵衛は真剣な眼差しを、辰五郎に注いだ。

「ついては、辰五郎。うちが主菓子を納める日だけでいい、厨房へ入って店に出す菓子を作ってくれねえか」

「俺は前にも言いましたが、どんなお手伝いでもさせてもらうつもりです。うちは今、団子の仕出ししかしていませんから、事前に日にちを知らせてもらえれば十分お手伝いできると思います」

よろしく頼みます——辰五郎は迷うそぶりなどまったく見せずに承諾した。その返事を聞いて、久兵衛の表情も和らいでいく。

「こちらこそよろしく頼む」

と、久兵衛は軽く頭を下げた。

「まあ、これでうちの人手不足もひとまずはどうにかなった。なつめさんの気がかりも晴れたことだし、すべては丸く収まったね」

それまで口を挟まなかった市兵衛が、穏やかな声で言う。その言葉に、皆が思い思いにうなずいたものの、

「ですが、俺が入るのは一時しのぎにしかなりませんからね。旦那さんが主菓子作りに力を入れるためには、店の方を任せられる職人がやっぱりもう一人欲しいところでしょう」

と、辰五郎は久兵衛を気遣うように呟いた。

「俺がこちらを出て行く前に、それなりの職人をご案内できればと思ってたんですが」

なつめはふと、初めて辰五郎と出会った時のことを思い出していた。氷川屋の店前《たなさき》でのことだ。

辰五郎は近隣の菓子屋の菓子を買ってはその味を確かめ、それとなく職人たちの噂を聞き、腕がよくて引き抜けそうな若い職人を探していたのだろう。そして、目を付けたのが氷川屋の菊蔵だった。当時は競い合いの前だし、厨房での菊蔵の立場も今ほど重くなかったはずだ。

「氷川屋に、菊蔵という職人がいるんですがね。例の安吉と同じくらいの若さでして」

辰五郎は当時の話を打ち明け始めた。

「その職人なら知っている。競い合いの席にいたからな」

菊蔵のことはあの折、氷川屋の主人から紹介されている。久兵衛が顔を合わせたのはあの一度きりのはずだが、覚えていたようだ。

「俺が声をかけた時、菊蔵がこちらに来てくれていたらよかったんですがね」

今さらのように言って、辰五郎が再び溜息を漏らした。

「あの職人は氷川屋でも大事にされてる感じだった。今の店に不足がなけりゃ、余所に移ろうとは考えねえだろう」

久兵衛の言葉に、「まあ、そうなんですがね」とうなずいたものの、辰五郎はさらに続けて言う。

「俺の話を断った時、菊蔵自身も今の店に満足しているみたいなことは言ってました。けど、本音は違ったんじゃないかと、俺は思ってるんです」

「本音では、氷川屋での扱いに不服を持ってたってことか？」

「いえ。店の扱いに不服がないのはたぶん本音でしょう。ただ、厄介ごとを抱えた者をこちらにご案内するわけにはいきませんから、俺の方でも菊蔵の素性を調べてたんです。で、分かったんですが、菊蔵の二親は浅草で小さな菓子屋を営んでいたんですよ」

「えっ、浅草？」

なつめは小さく呟いた。が、辰五郎はかまうことなく先を続けた。

「店はもうつぶれてて、二親も亡くなってるんですが、店のつぶれた事情がちょいと厄介でして。親父さんの親友でもあった職人が厨房を仕切ってたんですが、ある時、大店に引き抜かれたらしくてね。店がつぶれたのもそれが原因だったそうです」

だから、菊蔵は胸の内ではその大店を恨んでいるのではないか。その大店は氷川屋ではないが、氷川屋も同じようなことをする店だけに、菊蔵の心は複雑なはずだ——と辰五郎は言う。

「それもあって、照月堂に来た方が菊蔵のためにもいいんじゃねえかと思い、俺は声をかけたんです」

「辰五郎さん、その浅草のお店って、喜久屋《きくや》さんのことですか」

なつめは思わず訊き返していた。

「何だ、なつめさん。知ってたのかい？」

「いえ、そうではなくて。前に浅草の菓子めぐりをした際、相模屋さんってお店で喜久屋さんの話を聞いたんです。しのぶさんも一緒でしたけれど、そのお店が菊蔵さんの実家だとは知らないふうでした」

また、喜久屋の話を耳にしたのはその時だけではない、となつめは続けた。

「たまたま菊蔵さんと行き合わせた時、その浅草の菓子めぐりの話になったんです。すると、菊蔵さんは自分から喜久屋さんの話を持ち出しました。自分の実家と言ったわけでもありませんし、特に含みのある口ぶりでもなかったのですが……」

「菊蔵はどんなことを言ってたんだい」

「そういう職人の引き抜きはめずらしくないって。ただ、小さな店なら職人が店の主人を兼ねるのがいい、というようなことを言ってました」

続けて、菊蔵は低い声で呟いたのである。

――俺は腕を磨かなくちゃならねえ。

思いつめたような調子で、なつめに聞かせるというふうでもなく。

あれはどういう意味だったのだろう。腕を磨き、氷川屋のような大店で親方を目指すという意味だったのか。それとも、自分の店を持つ――つまりは喜久屋の再興を目指すという意味だったのか。

「その菊蔵さんという人、まあ、氷川屋とはいろいろ因縁もあることだし、今さらうちへ来てもらうのは難しいだろうけど、どうなんだい？　氷川屋にいたら、本人のためによくないような様子なのかい？」

市兵衛が辰五郎となつめに目を向けて問うた。

なつめには答えられなかった。辰五郎にも難しい問いかけらしく、確《しか》とした返事はその口から出てこなかった。

「そりゃあ、よくねえだろう」

答えたのは久兵衛だった。

「本人のためにも氷川屋のためにもな。下手すりゃ、職人として立つ前に憎しみに潰されちまうことだってある」

「旦那さん」

思い余った様子で、辰五郎が口を挟んだ。

「お節介が過ぎると言われりゃあ、その通りなんですが、今のお話を聞いて思いました。もう一度だけ、菊蔵に話してみてはどうでしょう。菊蔵に、こちらで職人を探してるってことを――」

照月堂の人手不足を補うだけの話なら、辰五郎も動くつもりはなかっただろう。だが、放っておくことが菊蔵の将来を潰すことになるのなら、同じ職人同士、黙って見ていられない。辰五郎はそう思っている様子であった。

その場にいる者は皆、久兵衛の口もとに注目していた。久兵衛はしばらくの間、考え込むように沈黙していたが、ややあってから、「いや」と溜め込んだ息を吐き出すようにして言った。

「辰五郎もなつめも何もするな」

確かに、氷川屋からの誘いを断った辰五郎やなつめが菊蔵に話を持ちかけるのは、事態を危うくしかねない。久兵衛の決断の意味は、なつめにも分かった。

だが、職人として立つ前に憎しみに潰されてしまうかもしれない――菊蔵について語った久兵衛の言葉が、なつめの胸に引っかかっていた。

五

三月の末日、辰五郎は再び照月堂の厨房に入った。久しぶりのことに緊張しているように見えたのは、初めのひと時だけ。その後、すぐに久兵衛との打ち合わせを済ませると、

「なつめさんはいつものようにこし餡を拵《こしら》えて。塩の分量は昨日と同じで」とすぐに指示を下してきた。

久兵衛はその後、店に出す菓子作りには手を出さず、ひたすら北村家の注文――今回は六菓仙から〈桜小町〉〈春雨〉の他、若草色の煉《ね》り切りに深緑色の葉をのせた〈青柳《あおやぎ》〉の三点であるが、その菓子作りに打ち込んだ。また、翌日からは暦上の夏となるため、新たな夏の主菓子の注文に備え、辰五郎はその日から五日間、連続で照月堂の厨房へ入ることになっていた。

辰五郎が来てくれたことで、久兵衛は主菓子作りに専念でき、その気持ちの高まり具合はなつめにもよく伝わってくる。

（辰五郎さんが手伝いに来てくれて本当によかった）

心の底からそう思った。そうなると、心の揺らいだ自分が恥ずかしく、しのぶとも折を見て、ちゃんと仲直りをしなければいけないと思う。

菊蔵についてはどうすることもできないが、気にかからないわけではない。菊蔵が喜久屋の息子だと知っていながら、しのぶに黙っているのも心苦しかった。しのぶであれば、何らかの形で菊蔵の力になれるかもしれないとも思う。

そうこうするうち、辰五郎が手伝う五日は瞬《また》く間に過ぎ、その最終日の四月四日のこと。菓子作りが一通り終わった頃、めずらしく市兵衛が久兵衛を呼んだ。店側に通じる戸口から出て行った久兵衛は、やがて戻って来ると、後片付けに取りかかろうとしていた辰五郎となつめに、

「片付けはいいから、すぐに来てくれ」

と、突然言い出した。

何の用向きかまるで見当もつかなかったが、とにかく言われるまま向かったのは、店と厨房の間にある客間の一室である。そこにはすでに客人が座っていたのだが、その姿を見るなり、

「菊蔵さん」

なつめは驚きの声を上げた。菊蔵はどことなく落ち着かぬ表情を浮かべており、その傍らには市兵衛がにこにこしながら座っている。どう見ても、市兵衛が菊蔵をここへ連れて

来たのだろうが、二人はそもそも顔見知りだったろうか。

なつめは心の中で首をかしげながら、ひとまず久兵衛と辰五郎に挟まれるような形で座った。

「二人とも驚いただろうが――」

久兵衛が辰五郎となつめに向かって切り出した。が、その眼差しは途中から菊蔵の方へ向けられ、

「いや、いちばん驚いてるのはおたくかな」

と、続けられた。

「……へえ」

菊蔵は返事をしたものの、その顔に浮かんでいるのは、どうして自分はここにいるのだろうという、不可解な面持ちであった。

「実は、私が菊蔵さんと知り合いになってね」

話を引き取るように、市兵衛が言い出した。知り合いになったのは三日前。市兵衛が氷川屋へ出向き、厨房から引き揚げようとしていた菊蔵に声をかけたという。

もちろん、菊蔵は相手が照月堂の隠居だなどとは知らなかった。

市兵衛は初め、占いを学んでいる者だと言ったそうだ。修業のため占わせてほしいと言われ、菊蔵は承知した。数をもとに行う梅花心易《ばいかしんえき》で占うと告げた市兵衛は、菊蔵にあれこれ数で答えられる質問をしたという。

市兵衛の、大胆というか、常人にはなかなかできぬ思い切ったその行動には、辰五郎もなつめもただぽかんとするばかりだった。だが、思い返せば二人とも、市兵衛から声をかけられ、その力添えがあったお蔭で照月堂に入ることができ、今がある。それを強引ともお節介とも思わせないところが、市兵衛の不思議なところであった。

「菊蔵さんはね、『麻の中の蓬《よもぎ》』と『千里の馬も伯楽《はくらく》に逢《あ》はず』という結果が出たんだよ」

と、市兵衛は報告した。

「それは、ええと、どういう意味なんですか?」

辰五郎が遠慮がちな様子で話に割って入る。市兵衛はにこやかな笑顔になると、おもむろに説明を始めた。

「『麻の中の蓬』とは、曲がりくねった蓬もまっすぐな麻の中では、まっすぐに育つ、という意味だよ。『千里の馬も伯楽に逢はず』については、『千里の馬は常に有れども、伯楽は常には有らず』からきた言葉でね。伯楽とは、数多くの馬の中から千里走る名馬を見つけられる名人のことなんだね」

「そりゃあ、つまり才能があってもそれを見分ける名人がいなけりゃ、才能は表に現れないってことですかね」

「そうそう」

辰五郎の言葉に、市兵衛はうなずいた。

「すると、『千里の馬も伯楽に逢はず』っていうのは、才能のある馬がそれを見分ける名人に会えてないって意味なんですか」

「まあ、そういうことになるだろうね」

決して吉とは言えぬ占いの結果はさほど気にしていないのか、市兵衛は相変わらずにこにこしている。

「それじゃ、菊蔵さんはご隠居さんの占いを聞いて、ここへ足を運んだのかい?」

いったん口を開いた話の成り行きからか、辰五郎が菊蔵に尋ねた。

「いや、俺はその、ご隠居のおっしゃる意味がよく分からなかったんです。そしたら、あんたを連れて行きたいところがあるとおっしゃって。ただ、その日はもう遅かったし、無理だってお断りしたんですよ。それなら空いている日はあるかって訊かれたから、今日の昼過ぎからは休みだって答えたら、こういうことに――」

菊蔵は、いまだにこの状況がよく呑み込めないという様子でしゃべっている。

とにかく、市兵衛から強引に今日どこかへ連れて行くという約束を取り付けられ、当日を迎えたということのようだ。市兵衛は約束通り、氷川屋の裏庭の先で待っていた。その時にはまだ、菊蔵は市兵衛の正体も、連れて行かれる先が照月堂だとも、聞かされていなかった。

さすがに菊蔵はどこへ行くのかと尋ねたらしいが、「あんたをまっすぐにできるかもしれないところだ」と告げられたという。その説明だけでついて行くべきかどうか、菊蔵はずいぶん迷ったそうだ。だが、少なくとも市兵衛に危険な雰囲気は感じなかったし、何より自分には曲がったところがある、と言われたことが気にかかったらしい。

それでついて行ったら、到着したのが照月堂で、その時初めて市兵衛の正体も明かされたということだった。

「それじゃあ、まるで狐《きつね》につままれたような気分がしているだろう」

辰五郎がおかしそうに笑い出した。

「旦那さんはすべてご存じだったのですか」

なつめは久兵衛に目を向けて尋ねた。

「まあ……な」

久兵衛は少しきまり悪そうな様子で認めた。

「三日前、占いをしたっていう日の晩、親父から聞かされたよ。いきなりうちへ連れて来るってのは強引じゃないかと思ったが、親父が大丈夫だって言うんでな。占いの結果が少し気にかかったってのもある」

「麻の中の蓬」の曲がった蓬とは菊蔵自身ということなのだろう。

(曲がってしまったのは、菊蔵さんの菓子へのまっすぐな志かしら)

恨みを抱くがゆえに曲がってしまった志——そうはっきり言われなくても、菊蔵はその自覚があるから、市兵衛について来たのかもしれない。

そして、「千里の馬も伯楽に逢はず」によれば、菊蔵は才能があっても、まだ伯楽にめぐり会えていないということになる。伯楽が誰のことかは、たぶんこの場にいる誰もが分かっている。おそらく菊蔵も今ではもう——。

「俺は」

その時、菊蔵が不意に口を開いた。

「ここへ連れて来られるまで、照月堂の旦那さんとお会いするなんて思ってもみなかったんですが、こんな形でもお会いできてよかったです。辰五郎さんからお話は聞いてますし、去年の競い合いの時には〈菊のきせ綿〉の味わいに心底、感銘を受けましたんで」

菊蔵の口ぶりは真剣そのものだった。なつめの知る限り、菊蔵の口の利き方にはどことなく世を拗《す》ねたというか、人を寄せつけないというか、そういう雰囲気の混じることがあるのだが、この時はまったくそういうところがなかった。本心から久兵衛の腕を尊敬し、自分のことも認めてもらいたい——そう考えているように見えた。

「なあ、菊蔵さん」

不意に辰五郎が菊蔵にまっすぐ目を向けて切り出した。

「おたくがそういう気持ちでいるなら、話したいことがあるんだ。前におたくは一度断ったが、もう一回、照月堂に職人として入る話、考え直してみる気はないかい？」

先日、引き抜きの件では何もするなと命じていた久兵衛だが、この時はあえて止めようとはしなかった。

「これは、俺一人の考えだ。けど、そうするのが菊蔵さんにとって一番いいんじゃないかって、俺は思う」

辰五郎が口を閉ざした後、菊蔵は思い出したように息を吐き出した。それから、久兵衛に目を据えると、

「旦那さんは今の辰五郎さんのお話をどう思っておられるんです？」

と、少し緊張した声で尋ねた。

「大方察しはついてるだろうが、うちの店は職人が足りねえ。だが、誰でもいいから、来てもらいてえわけでもねえ。ましてや、おたくは氷川屋の職人だろう。氷川屋といやあ、安吉の時に揉《も》めてるからな」

久兵衛の口から氷川屋の名が出た途端、菊蔵の表情に落胆の翳《かげ》りが浮かんだ。やはり、菊蔵は氷川屋で働くことに何か思うところがあるのだろうか。その様子を見ると、なつめは胸が騒いだ。

「だが、氷川屋の職人だからどうこうって言うつもりはねえ。うちの店に欲しいのは、俺の菓子作りに賛同し、覚悟を持って同じ道を進んでくれる職人だ」

なつめは自分が初めて厨房で修業をさせてもらえることになった時、久兵衛から言われた言葉を思い出していた。

——今、うちの店に欲しいのは、俺の手助けをしてくれる弟子であって、才に恵まれた弟子じゃねえ。

久兵衛はなつめにそう告げた。それは、久兵衛が歩む菓子の道に、とにかくしっかりついて来いという意味だったのだろう。

そして、菊蔵はなつめとは違い、覚悟を持って同じ道を歩むことを望まれている。それだけ期待されているということが伝わっただろうか。菊蔵が何と返事をするか、その場の皆が見守る中、

「旦那さんの菓子の道とはどんな道なのですか」

菊蔵は久兵衛に目を据えたまま、真剣な口ぶりで訊いた。

「それは、いちいち口に出して聞かせることじゃねえな」

そっけないとも言える口ぶりで、久兵衛は答える。

その場が不意に緊迫した。が、菊蔵は落ち着いていた。ゆっくり深呼吸を一つすると、

「おっしゃる通りですね」とうなずいたのだ。

「まあ、俺の望みは言った。それをどう扱うかはお前が決めることだ」

久兵衛はそれだけ言うなり立ち上がった。

「ちょっと来い」

と、久兵衛から目を向けて言われ、なつめも続けて立ち上がる。

久兵衛は厨房へと向かった後、

「饅頭か子たい焼きは残っているか」

と、尋ねた。子たい焼きはすべて店に運んでいたが、最後に蒸した饅頭はまだ厨房に残っている。なつめがそう答えると、

「菊蔵に出してやれ」

と、久兵衛は短く告げた。

口に出して聞かせることではない、と答えた菊蔵の問いへの返事がこれなのだろう。それと察して、なつめは「はい」と答えた。すぐに厨房で茶の用意をし、饅頭と共に客間へ運ぶ。

「どうぞ」

なつめが菊蔵に菓子を差し出すと、菊蔵は少し目を見開き、それから礼を述べた。

「頂戴します」

久兵衛の目指すものとは何かをつかもうとする様子で、菊蔵は饅頭を味わっている。

「俺が照月堂の菓子で最初に食べたのが、この饅頭でした。ねえ、ご隠居さん」

辰五郎が市兵衛に目を向け、懐かしそうな口ぶりで呟いた。

「ひもじさに倒れかけて、飯も食べられねえって時に、菓子なんて贅沢《ぜいたく》なもんをいただいちまって、どれだけありがたかったか」

誰に語るでもなく、辰五郎が言う。病の父を抱え貧しさに喘《あえ》いでいた時、辰五郎が市兵衛に出会ったという話は、なつめも前に本人から聞いたことがある。

「贅沢だと思ったのは、それが照月堂さんの饅頭だったからじゃありませんか」

饅頭を食べ終え、茶を飲んでいた菊蔵が落ち着いた声で言った。

「そうかもしれないな」

辰五郎がうなずく。照月堂の饅頭を口にしたことが、菓子職人になって店を出すという辰五郎の人生につながったことを、もう菊蔵は気づいているのだろう。

「一つだけ伺いたいことがあるのですが」

菊蔵は市兵衛に目を向けて切り出した。

「安吉がこちらのお店に職人として迎えられた時、旦那さんはどんなことをおっしゃったのですか」

突然、菊蔵の口から出てきた安吉の名に、その場の者たちは少し意表をつかれた表情を浮かべた。

「さて、どんなことを言っていたかねえ」

市兵衛が記憶をたどるような表情を浮かべている。

「じゃあ、何の条件もなく、安吉はこちらに迎えてもらえたってことなんですか」

「それは違います。旦那さんは試しに菓子を作らせましたから」

訝《いぶか》しげな表情を浮かべている菊蔵に、なつめは答えた。市兵衛も大きくうなずいている。

「そうそう。飴を作らせたんだったね。それで、子供たちが味見をしたんだ」

「お子さんたちが？」

「安吉さんは見習いだったので、餡か飴《あめ》のどちらかを作らせるって話になったんです。それで飴を作ることになったんですけれど、味わいを確かめるというより、作ったその飴をどうやって売り出すか、その算段をつけろということでした」

「それで、安吉は旦那さんのお目に適《かな》ったというわけなんですね」

あの時は、市兵衛やなつめが力を貸し、それを久兵衛が見逃したという感じなので、菊蔵の言葉は正確ではないのだが、形の上ではそういうことになるのかもしれない。

「まあ、それで、よしということになったんですけれど……」

なつめがあいまいに答えると、「分かりました」と菊蔵は言った。それから、改めて市兵衛に礼を述べると、暇《いとま》を告げた。なつめは市兵衛に言われ、菊蔵を庭の枝折戸まで見送った。

「気をつけてお帰りください」

「……ああ」

どことなく上の空で応じた菊蔵は、そのまま枝折戸の向こうに消えていった。その口が「餡と飴……」と呟いているのを、なつめは聞き留めていた。

六

菓子に対する想いと優しさにあふれた人たちだ――照月堂から氷川屋へ帰る道中、菊蔵は思っていた。

わざわざ自分に声をかけ、照月堂へ連れて行ってくれた大旦那も、いったん断ったにもかかわらずなおも照月堂へ移るよう勧めてくれる辰五郎も、競合の店で働く自分に、己の目指す菓子の道への手がかりを示してくれるご主人も。

だが、優しさは甘さにつながる。そして、この甘さこそ、長い間、菊蔵が遠ざけようとしてきたものだった。

父も母も優しい人だった。菊蔵が生まれ育った喜久屋には温もりがあった。喜久屋の職人だった梅太郎《うめたろう》も、菊蔵に優しかった。幼い頃より、そろばん勘定より菓子作りの方に興味のあった菊蔵は、将来は菓子職人になると決めていた。梅太郎は菊蔵が十歳になったら弟子にして、自分の技のすべてを菊蔵に伝授してくれると約束してくれたのだ。

しかし、その約束は叶《かな》えられなかった。梅太郎は日本橋の大店に引き抜かれ、あっさりと喜久屋を去って行ったからだ。そして、父も母も梅太郎が店を去るあの日まで、梅太郎の裏切りに気づきもしなかった。

梅太郎が去った後、父は一度だけその大店へ梅太郎に会いに行った。菊蔵はこっそりとその後をつけた。父はその店の厨房の出口を見張れる場所で、ずっと梅太郎が出て来るのを待ち続けていた。

やがて、仕事を終えて現れた梅太郎の前に、父は飛び出して行き、何事か訴えていた。内容までは聞き取れなかったが、父が梅太郎の裏切りを詰《なじ》る一方で、戻ってくれるように哀願しているらしいことは分かった。やがて、父は梅太郎の前に土下座して、地面に額をすりつけた。

その時の父のなりふり構わぬ姿と、それを蔑《さげす》むような目で見下ろす梅太郎の姿は、忘れられない。

自分は父のようにみじめな真似は、絶対にしたくないと思った。

結局、梅太郎はもう喜久屋には戻らず、菊蔵の父は新しい職人を探そうとしたが、腕のよい職人が小さな店に居つくことはなく、店はつぶれた。それからは親子三人、慣れない長屋暮らしをする羽目となった。二親が相次いで亡くなったのは、失意と貧乏が心身を損ねたせいだと、菊蔵は思っている。

人を信じてはいけない。優しさを求めてはいけない。それにつながる甘さが人生を失敗へと導くのだ。

自分はその対極を目指せばいい。信頼とか優しさといったあいまいなものではなく、人を動かす力や見事な品を作り出す技といった、確かなものを――。

二親の死後、大店である氷川屋の職人となったことも、日々確かな技を追い求め、高みを目指すことも、菊蔵のそうした生き方に沿うものであった。

そうやって力を蓄えていけば、親と同じ失敗をすることはないと、今も信じている。

親を裏切った梅太郎のことは、今でも憎い。梅太郎を引き抜いた大店も憎い。同じようなことをする氷川屋については、憎む理由こそないものの、心のどこかで軽蔑《けいべつ》していないとも言い切れない。

だから、いずれ氷川屋を出て行くことになるとは、漠然と考えていた。できるなら、その時、自分が氷川屋にとってなくてはならぬ腕前の職人となっていて、自分が抜けることで店全体があたふたすれば面白い、そう思ってもいた。

だが、どうしてだろう。そういう考えを抱く自分に、かすかな罪の意識を覚える。己の人生には必要ないと決めつけてきた温もりが懐かしいだけでなく、心地よいとさえ感じられる。それもこれも、ほんのひと時とはいえ、照月堂の人々に囲まれていたせいかもしれなかった。

氷川屋では、職人同士は仲間というより、競い合い、勝ち上がっていかなくてはならぬ相手であった。親方や兄弟子たちに対して感謝し、技量を敬うことはあっても、その人柄を信頼することはない。

もちろん、それでよかったのだ。ただ一人の人を除いては。

「菊蔵」

長い物思いから覚めた時、菊蔵の前にはしのぶがいた。二人の間は二間ほど離れていたが、それだけの間を詰めるまで気づかなかったのは、辺りが薄暗くなっていたせいばかりではない。氷川屋の裏庭の垣根に沿って歩きながら、到着したことにも気づけないほど、照月堂での出来事に心を奪われていたということである。

「お嬢さん」

氷川屋の中で、優しさという言葉の似合う者といえば、このしのぶだけだった。

しのぶは心優しく、それゆえに傷つきやすく、大店のお嬢さんにもかかわらず哀れな娘だと、菊蔵の目には映っていた。およそ似たところのない父親の、冷徹で計算高く強欲な面を見て、いつも傷ついている。それでいながら、慰めてくれる母親も、互いに励まし合える兄弟姉妹もいないのだ。

仲のよさそうな友もいなかったしのぶが、ごく最近になって、照月堂で働くなつめと親しくなったのは喜ばしいことだと、菊蔵は思っていた。なつめとどんな話をした、どこへ行ったなどという他愛もない話の聞き役をさせられたが、それまでとは見違えるように明るい声で話すしのぶの姿は、優しさや甘さを遠ざけてきた菊蔵の目にも、見ていて気持ちのよいものだった。

そのしのぶがどういうわけか、この日はひどく不安そうな表情を浮かべていた。

「どこへ行っていたの？」

正直に打ち明けることに気が咎めていたせいか、

「俺は今日の昼過ぎからは、暇を頂戴してたんですが」

と、菊蔵はつい言いわけめいた言葉を口にしてしまった。しのぶは怪訝《けげん》そうに首をかしげた。

「それは知ってるわ。どこへ行っていたのか訊いたのだけれど……」

そう言って、どことなく傷ついたような表情を浮かべるしのぶを見たら、菊蔵は何も言えなくなってしまった。

「菊蔵が昼過ぎに誰かと歩いているのを見かけたの。知らないお人だったわ。ご隠居さんのようなお年の方に見えたけれど……」

どうやら、照月堂の大旦那と一緒に歩いていたのを、しのぶに見られていたらしい。相手が照月堂の大旦那とは知らぬようだが、菊蔵の今日の行動には何かあると感づいたようだ。

しのぶは父親に似ていないと思っていたが、この勘の良さはもしかしたら父親譲りかもしれない。氷川屋の主人の商いにまつわる勘の良さについては、店の中でも広く知られたことであった。

「私は——父さまに聞かれたら困ることでも、菊蔵には話してきたわ」

沈黙が続いていたが、ややあって、しのぶは寂しそうに呟いた。

責めるような口ぶりではなかったが、菊蔵は責められたように感じてしまった。

しのぶが菊蔵に隠しごとをしないのは、信頼を築いた証《あかし》である。信頼してくれればこそ、なつめとの友情についてもすべてを明かしてくれていたのだ。

その反面、自分は今日の出来事を隠そうとしている。それは、信頼してくれる相手への裏切りではないのか。信じている人から裏切られる苦痛は、菊蔵もよく知っていた。

「お嬢さんが見かけたのは、照月堂の大旦那さんです」

菊蔵は正直に答えた。

「えっ、照月堂さんの？」

しのぶの顔に驚きの色が浮かび上がる。

「照月堂の大旦那さんが菊蔵に何の用だったの？」

「声をかけられた時は、照月堂さんだって知りませんでした。ただ、占いをしてくれるからっていう話で」

占いをしてもらったのは三日前のことだったが、その点はごまかした。さすがに、照月堂が新しい職人を求めており、自分がその候補らしいと告げるのは憚《はばか》られる。

「細かいことは省きますが、もともと照月堂さんで働いていた辰五郎さんっていう職人さんに会ってたんです」

「辰巳屋のご主人のこと？」

どこで会ったのかと問われたら、また一つ嘘を吐かなくてはならぬところだったが、幸いしのぶの心は脇へそれたようであった。

「ああ、お嬢さんも辰巳屋へ行ったことがあるんでしたね」

菊蔵はさらに辰五郎の話を続けた。

「俺も辰巳屋へ行ったって話しませんでしたっけ。だから、辰五郎さんのことは知ってるんです。あの人の作った〈菱柿《ひしがき》〉って菓子も味見させてもらってますし」

「辰巳屋のご主人と、どんな話を？」

「どうって、別に、今何をしてるかというような話ですけど。辰五郎さんが店を閉めたのは俺も聞いてましたし、その後、どうしているのか気になってもいたんです」

「辰巳屋さんが店を閉めることになったのは、うちの父さまのせいだわ」

しのぶのうつむいた表情は、申し訳なさに打ちひしがれているように見えた。

（お嬢さん、すみません）

辰五郎に氷川屋へ来てほしいと伝えに行ったのは、菊蔵自身である。いや、伝えたなどという生易しいものではない。こちらの言う通りにしなければどうなっても知らないぞ——と脅しをかけに行ったのだ。だが、そんな話をこの傷つきやすい娘に聞かせるわけにはいかなかった。知れば、しのぶは菊蔵にも失望するだろう。それでは、しのぶが哀れだったし、菊蔵もそのように思われたくなかった。

「辰巳屋のご主人はお元気そうでしたか」

しのぶは何の疑いも持たぬ声で尋ねた。菊蔵は辰五郎の身を案じて話をしに行った、と思ったようであった。

「はい。すっかり立ち直っているように見えました。恨みを抱えているようにも見えませんでしたし。それに——」

念のため、菊蔵は慎重に言葉を進める。

「照月堂さんのお手伝いをしているともおっしゃっていましたし」

これは辰五郎と顔を合わせる前に、照月堂の大旦那が教えてくれたことだが、辰五郎から聞いたように話しておいた。照月堂との関わりを少し入れておかないことには、大旦那について行ったことの言いわけが立たない。そう思って口にしたのだが、

「えっ、辰巳屋のご主人は照月堂さんでお手伝いしているのですか。なつめさんがいるのに？」

と、しのぶの口から意外そうな声が漏れた。

「そうなんじゃないでしょうか。くわしくは聞いていませんが」

なつめと顔を合わせたことは隠したまま、菊蔵は言った。

「そう。なら、私は見当違いのことを言って、なつめさんを惑わせてしまったのね」

しのぶは何やら気にかかることがある様子で、悲しげに呟き、再びうつむいた。

「お嬢さんがなつめさんを惑わせたって、それはまたどういうことですか？」

菊蔵が尋ねると、しのぶはおずおずと顔を上げた。そして、なつめを引き抜こうとする父の言づて役を引き受けたこと、なつめが照月堂を辞めれば辰五郎が戻りやすいだろうと、さりげなく伝えたこと、それでなつめとぎくしゃくしてしまったことを打ち明けた。

（お嬢さんにそんな役回りをさせるなんて）

氷川屋の主人の仕打ちを、菊蔵は恨めしく思った。汚れ役などしのぶには似合わない。そんな役目は使用人にやらせればいいのだ。自分だって気が進まないが、しのぶのつらさを思えばいくらだって引き受けてやる。

そう思った時、気づいたことがあった。

（俺が照月堂さんへ移ってしまったなら――）

しのぶを本心から思いやってくれる者が、果たして氷川屋にどれだけいるだろう。自分がいなくなってしまえば、なつめとああした、こうしたという話を打ち明けられる相手がしのぶにはいるのだろうか。そんなことを考えてしまうのも、照月堂の人々の温もりが自分に乗り移ってしまったせいではないかと、菊蔵は思った。

「なつめさんにはちゃんと謝るわ。そして、きちんと仲直りするつもりよ」

しのぶは気を取り直した様子で言った。それがいいだろうという思いをこめて、菊蔵はうなずき返した。

「私ね」

と、しのぶは気持ちを切り替えたふうに、再び話し始めた。

「なつめさんを見ると、いつもうらやましくなってしまうの」

「そうですか」

と答えながら、菊蔵は何となくしのぶの気持ちが分かるような気がした。

自分の中にも、なつめをうらやましく思う気持ちがあるかもしれない。あの優しい人々に囲まれ、久兵衛のような親方の下で修業をさせてもらえるあのなつめのことを。

「なつめさんはいつもまっすぐ、自分の道を歩いているわ。菓子職人になるための道ね。まっすぐ迷いなく進んで行くの。なつめさんのそういうところが私は大好き。同時に、胸が苦しくなるくらいうらやましくてならないの」

「まっすぐ迷いなく、ですか。そうかもしれませんね」

菊蔵は上野の茶屋で会った時、なつめが口にしていた言葉を思い返していた。

――私も腕を磨いて、一人前の職人になれるよう努めます。

明るくまっすぐな声だった。温かな光にあふれたすがすがしい声。

「菊蔵？」

しのぶから呼ばれ、菊蔵ははっと我に返った。

探るようなしのぶの目つきに一瞬驚いたものの、しのぶが続けて何かを問うことはなかった。

「でもね、私だって夢を持っているのよ」

しのぶは気持ちを切り替えたのか、不意に明るい声で語り出した。

「お嬢さんの夢ですか。差し支えなければお聞かせください」

如才なく菊蔵は尋ねた。

「私はね、浅草相模屋のおかみさんみたいになりたいの」

「相模屋のおかみさん？」

「前になつめさんと行ったお店よ」

「はあ。その話はお聞きしましたが……。餅《もち》菓子を中心に売る小さな店ですよね」

「そう。旦那さんが職人さんで、おかみさんが切り盛りしている小さなお店」

大事な秘密を口にするような調子で、しのぶは告げた。

「でも、お嬢さんは氷川屋を継ぐんですよね」

菊蔵は困惑した眼差しをしのぶに向けた。

「だから、夢の話よ。それに、私が氷川屋を継ぐってまだ正式に決まったわけでもないんだし」

しかし、氷川屋の主人にしのぶ以外の子供がいない以上、それはもう決まったようなも

のだ。いくらそれ以外の夢をしのぶが見たところで、叶えられはしないだろう。だが、しのぶに向かってそう言うこともできず、

「お嬢さんは菓子職人の女房になって、小さな店を切り盛りしたいんですか」

菊蔵は慎重な口ぶりで訊き返した。

「ええ、そうよ」

しのぶの眼差しに迷いは見えなかった。いつもはどこかおどおどしたしのぶの、そんな眼差しを見るのは、思えば菊蔵には初めてのことであった。

「菓子を作る職人さんを、支えて生きるのが私の夢」

これほどはっきりと自分の意志を述べるしのぶの言葉を聞くのも、菊蔵には初めてだった。何と言ってよいか分からず、言葉は出てこなかった。

「私がそういう道を望んだっていいでしょう?」

お菓子が好きなのはなつめさんだけじゃないのよ――しのぶは最後にそう付け加えると、くるりと背を向け、路地を歩き出した。

しのぶは夢の話を打ち明けた後、どうしてなつめを引き合いに出したのだろう。その理由が分からぬまま、しのぶの姿が垣根の向こうに消えてしまった後も、菊蔵はその場に佇《たたず》み続けていた。

第三話　びいどろ金魚

一

四月、いよいよ暦の上での夏が訪れた。初夏の頃はさわやかな風も吹き、心地よい陽気を楽しめるのだが、五月も近付くと、山に囲まれた京では少し蒸し暑く感じられる。

（ここは、やけに暑苦しいところだな）

端午《たんご》の節句の頃には、安吉は早くもそう思い始めていた。夏は蒸し暑く、冬は底冷えがする——京は江戸よりずっと過ごしにくいと、前に聞いたことがある。もちろん、江戸で暮らしていた時のことだ。ここでは誰もが、あらゆることにおいて、京は江戸に勝《まさ》っている、とでも考えているらしいのだから。

（この暑さで、あっちこっち連れ回されちゃたまったもんじゃない）

立夏を過ぎたあたりから、安吉はそのことが心配だった。

安吉を連れ回すのは、京の菓子司《かしつかさ》果林堂《かりんどう》の主人柚木九平治《ゆきくへいじ》の弟、長門《ながと》である。九平治と長門は血がつながっておらず、宮中で菓子作りを行う主果餅《くだもののつかさ》の職を代々務めてきた柚木家へ、九平治が養子に入ったのだった。しかし、これは貧乏に窮《きゆう》した柚木家当主の座を、九平治が金で買い取ったようなものであったため、跡継ぎでいられなくなった長門はひねくれた態度を取っており、九平治は九平治で長門に遠慮がある。

そして、安吉は九平治の古い知り合いである久兵衛の紹介を受け、この果林堂に見習い職人として世話になっていた。追い返されそうになっていたところ、気まぐれで救ってくれたのが、他ならぬ長門であった。その時、持ち出された条件によって、安吉は長門の言うことには何をさておき従わねばならない。

長門の命令とは外出の際に供をさせるといったもので、天候によってはつらいが耐えられぬほどではなかった。ただし、これは果林堂というか九平治への嫌がらせと抱き合わせになっている。厨房《ちゆうぼう》が一番忙しそうな時を狙って、安吉を連れ出すのだ。

これに困った厨房の職人たちがその頃合いを見計らって、その時分には安吉に仕事を頼まない、という策を講じたことがあった。しかし、長門はすぐにそのことに気づくと、翌日からは同じ頃合いに連れ出すのをやめ、てんでばらばらに顔を出すようになった。

——あかん。どうも柚木の坊ちゃんのご機嫌を損ねたようや。

職人たちは肝を冷やし、以後は小細工をやめた。その結果、安吉は時を選ばず、こき使われることになったというわけだった。

ただし、いつ長門に連れ出されるか知れない安吉に、厨房で重要な役を任せるわけにはいかない。それならば、厨房の仕事だけでなく、店の手伝いをさせてもかまわないのではないか――ある時、番頭の方からそういう話が持ち上がった。

折しも店の商いを広げている時であったから、人手が十分ではない。そこで、店の方が手代《てだい》と丁稚《でっち》の手で回り切らなくなった時には、安吉も手伝いに借り出されることになった。職人としての修業を積みたいという安吉の願いなど、もはや誰もかまう者がいなくなり、ただただ便利に使われるようになっていたのである。

そして、端午の節句から数日後の今日――。

「安吉はんはおるか」

店の方から手代が厨房にやって来た。

「手が空《す》いてたら、店の方に貸してほしいて、番頭はんが言うてはるんやけど」

手代の言葉に、奥にいた職人の一人がちらと安吉に目を向けると、

「ほな、連れて行き」

と、答えた。九平治がいない時、統括を任されている年輩職人の言うことに、安吉は素直に従い、厨房を後にした。

「少しばかり、困ったことになってるんや」

安吉を呼びに来た手代は、店の表へ向かう廊下で安吉に耳打ちした。

「例の、困りもんのお客はんが来てる」

せかせかした口調で言う手代の言葉に、安吉は「ああ」とうなずいた。

困りもんの客とは、品物にいちゃもんをつけてきたり、店の対応に落ち度があったと言って怒鳴り込んできたりする客のことである。店の手伝いに借り出され、客の前に出る仕事をするようになった安吉は、その手の客がいることに気づき始めていた。

菓子を買うだけでこない待たされてはかなわん――と言うくらいの客であれば、困りもんとは言わない。

（いやあ、京にはすごい客がいるもんだ）

と、安吉が感心してしまうほど、彼らのいちゃもんは手が込んでいるというか、くだらないというか、まともに相手をすると疲れ果ててしまう類《たぐい》のものだった。

「今、丁稚が相手をしてるんやけど、どうにもならないんでな。安吉はんが代わってやってほしいんや」

手代から続けて言われ、「ええっ」と安吉は飛び上がった。

「どうして、俺が？」

思わず訊《き》き返してしまう。

「あんた、前に手際が悪いて文句垂れてたお客の相手、うまあくさばいていたやないか」

「あれは、ただ話を聞いてただけですよ。あのお客はただ、誰かに文句を言いたかっただけなんでしょうし」

「今度のお客かて、ただ文句を言いたいだけなんや。せやから、これ以上怒らせせんよう話を聞くだけ聞いてやって、そのまま帰らせてくれたらええんや」

「けど、番頭さんやご主人を呼べって言い出したら、どうするんですか?」

そういう客を前に見たことがある。その時は、確か九平治が相手をしていたはずだ。

「生憎《あいにく》、今はご主人はおらへん。お得意先の公家屋敷に菓子を届けに行きはってな。番頭はんは今、別のお客の対応をしてはるし、何かあった時のため、店にいてはる必要があるのや。せやさかい、今日はあんただけで何とかしてくれ」

「でも、そういうことなら、手代さんの方が俺よりずっと、お客のあしらいに慣れているでしょうに」

安吉は手代に目を向けて言った。手代の足がすっと止まる。

「ほな、あんたがあての代わりに、菓子の説明をお客にしてくれるんか」

少し強い口調で言い返され、「それは……」と安吉は口ごもってしまった。

「困りもんのお客はうちとしては、もう付き合いとうない客なんや。けど、他のお客はんの手前、追い返すわけにもいかん。ただ上手に帰してくれればええ。この先の商いにも響かん。せやから、あんたに任せる言うてるんやないか」

なるほど、もうこの先の儲《もう》けを期待していない客だからこそ、自分のような客あしらいの素人に任せようというわけかと、安吉は納得した。

「分かりました。ただ話を聞くだけでいいのなら、やってみます」

「ほな、丁稚にお客を案内するよう耳打ちしてくるさかい、あんたは客間で待っててくれればええ。もし殴る蹴るといったことをやらかしたら、すぐに部屋を出て店にいるあてらに知らせるのやで」

「えっ、殴る蹴る？」

安吉が恐怖の余り硬直したのにも気づかぬのか、手代は再びさっさと歩き出した。安吉は蒼《あお》ざめた顔でその後に続く。

「ここや」

手代は廊下の途中にある部屋の戸を開けると、自分は入らず、そのまま店の方へ向かった。安吉は一人で部屋の中へ入り、そわそわしながら待ち続けた。

前に文句を聞かされた相手は、少なくとも声高《こわだか》にしゃべる人ではなかったので、安吉も平静に話を聞き続けることができた。今度の客もまさか、いきなり暴れ出したりはしないだろうが、そうなったら自分にはどうしようもないと思う。怒鳴りつけられるのも、本当はかなりこたえる。

（もしお父つぁんのような人だったら……俺はだめだ）

すぐに怒鳴ったり手を上げたりする大人の男が今も怖くてたまらない。安吉の父親はそういう男だった。もちろん今ならば抵抗する体格も体力もあるはずだが、体が強張《こわば》って思うように動かなくなる。

この果林堂は、尊敬する久兵衛が仲立ちしてくれた店だ。できることならば何でもするつもりであった。やれることをまずは丁寧にきっちりとやれ――という久兵衛からの教えも、しっかりと心に刻んでいる。

だが、もしも今回のお客が手を上げるような振る舞いに出た時、重大な失敗をやらかさずに事を収めることができるかどうか、安吉にははなはだ自信が持てなかった。


ややあってから、丁稚が一人の男を連れて、安吉のいる客間へやって来た。

「こちらどす」

と告げる丁稚の声はもはや半泣きである。

客の男は三十代の後半くらいだろうか、体格もよく押し出しもあって、店の主人か番頭くらいの風格が感じられた。丁稚はまだ十歳に満たぬほどの子供で、このような相手をさせるのはさすがにかわいそうだと、安吉は思った。

「わざわざお手間を取らせて申し訳ありません」

安吉はまだ立ったままの客に向かって、深々と頭を下げた。「ふん」という声が続き、客が足音高く部屋へ入って来る。丁稚がおろおろした様子でそれに続いた。

「お客さまは五月五日の粽《ちまき》のことで、お話ししたいことがあると……」

丁稚が泣き出すのを必死にこらえながら、安吉に説明しようとした。

「粽、ですか」

果林堂で売る粽は〈御所粽《ごしょちまき》〉といって、団子を笹の葉で包んだものである。その当日は、団子を包む笹の葉を用意するのに、安吉も走り回った記憶があった。

「お客さまはその日、うちで粽をお買い求めくださった時に……」

「もうええ！」

なおも説明しようとする丁稚に向かって、どかりと座り込んだ客はいらいらしながら言い放った。

「ならば、お客さまのお口から改めてお聞かせいただいてもよろしいでしょうか。ご面倒ですが、間違いもなくて済みますので」

安吉は柔らかな口ぶりを意識して言い、丁稚にはもう下がるようにと告げた。丁稚は頭を下げると、最後まで涙はこらえ、部屋の戸を閉めた。それを見届けてから、安吉は改めて客に向き直り頭を下げた。

「安吉と申します。丁稚が大変失礼をいたしました。主人と番頭の手が空いておりませんので、ひとまずわたしがお話を聞かせていただきます」

「あんた、京のもんやないんか？」

男が少し我に返ったような様子で、安吉に尋ねた。

「へえ、生まれは江戸です。京に来たのは昨年の暮れですが、それまでもずっと菓子屋におりました。お話の筋はしっかりお聞きしたいと思っております」

粽の件でございましたか、と促すと、

「そうや」

男は苦々しげな顔つきに戻って話し出した。

「あの日、ここの店では粽を買った客に、籤《くじ》を引かせたのや。粽を五つ買うごとに一回。そうやったな」

そういえば、そんな話を小耳に挟んだかもしれない。ただ生憎、五月五日、安吉はずっと厨房にいたので、籤の現場は見ていなかった。しかし、ここで曖昧な返事をするのはよくないと思い、安吉はさも分かっているふうに無言でうなずき返した。

「あても粽を買うたのや。倅《せがれ》と一緒に店へ来《こ》てな」

「さようでしたか。それはありがたいことでございます」

安吉は頭を下げた。

「倅が籤を引きたいと言うんで、粽を山と買うた。籤は倅にやらせた。倅は籤に当たったらもらえるという、金魚の菓子が欲しいと言うてたんでな」

「あっ、それは〈更紗金魚《さらさきんぎょ》〉のことですね」

その菓子のことはしっかりと記憶していたので、安吉は深々とうなずいた。更紗金魚とは九平治の作った菓子で、更紗と呼ばれる紅と白の混じった金魚の煉《ね》り切りを、葛《くず》で包んで四角く固めたものである。注文に応じてのみ作る特別な菓子で、取引先は公家や武家の上客だけだ。

そのため、通常ならば店に出ることはないのだが、この日は特別に、籤に当たった一人の客にだけ、この更紗金魚を振る舞うことにした。もっと手軽な別の菓子が当たる籤も混じっていたはずだが、何と言っても、一番の目玉は更紗金魚だった。

店に来た子供たちは皆、ぱっと目を引く更紗金魚を欲しがったし、女客たちはうっとりと見とれていた、という話を安吉は思い出した。

「倅は何度籤を引いても当たらなんだ。引き終わった後は泣きそうになっていたんや。あては倅が哀れでならなんだというに、この店の連中は何や。皆してへらへら笑ってたんやで」

そういうことか――と、安吉は男の内心を理解した。

「それは大変申し訳ございません。もちろん、お客さまやお客さまの息子さんを笑ったのではなく、大勢のお客さまを相手にする手前、そのようにしていたのだと思いますが」

安吉は即座に謝った。こういう時はそうするに限ると、果林堂の仕事をする中で学んだからだ。しかし、安吉の言葉など、相手の男は聞いていないようであった。

「あては倅のために、さらに粽を買うた。それで、また籤を引かせてやったのや。けど、それでも当たらなんだ」

「はあ」

思わず気の抜けた返事をしてしまったのだが、

「倅があんなに欲しがっていたんやで！」

男は突然いきり立った。安吉は慌ててまた頭を下げた。

「申し訳ございません。この度はたった一つしかご用意しておりませんでしたが、この次はそうならないよう心配りしたいと存じます」

「この次のことなんぞ、どうでもええんや。今回の散財をどうしてくれるんや」

「散財？」

「粽にどれだけ金をかけたと思うてるのや」

いくつ買ったのか知らないが、まさか百個も二百個も買ったわけではあるまい。一つ五文で、三十個で百五十文、それくらいのものではないか。目の前の男は近江上布《おうみじょうふ》らしい縞《しま》の小袖《こそで》を着ており、金に困っているとはとても見えなかった。

「その粽はどうなさったのですか」

何か言わねばと思い、安吉は尋ねてみた。

「家に持ち帰り、皆に配った」

それならば問題ないのではないか、果林堂は客から金を奪い取ったわけではない――そうは思ったが、ここは黙っていた方がよいと、安吉は考えをめぐらした。

「どないしてくれるのや！」

それでも、男はさらに言い募った。

金を返せ――と言いたいのだろうか。しかし、それをこちらから切り出してはならないと、初めて店に出た時、番頭から念を押されていた。相手に食いつかれ、「そちらから言い出したことだ、金を返せ」とねじ込まれるのがオチだからである。

どうすればいい。男は安吉の言葉を待っている。何か自分に付け入る隙《すき》のある言葉を吐かせ、そこに付け込もうとしているのだと、安吉にも何となく分かった。

だが、よい考えなどさっぱり浮かばない。安吉は額に冷や汗を浮かべた。

二

部屋の戸がすっと開かれたのは、その時だった。

折も折、声もかけずに突然戸を開けるなんて――と思いながら安吉が目を向けると、現れたのは長門であった。そのすぐ後ろに、慌てふためいた様子で駆けつけた番頭の顔がのぞいている。

「お客はん、すんまへんなあ」

長門は客の男に向かって声をかけると、

「安吉では、お話し相手になりまへんやろ。あては、こん店《たな》の主人の身内で、柚木家のもんどす」

と、名乗り出した。

しかし、こうして傍《はた》から見ると、長門は幼いながら、なかなかに気品というか風格というか、さすがは古い名門の血筋だと感じさせるものがある。相手がどんな客かは聞いているだろうに、少しも怖気《おじけ》づいたり、相手の顔色をうかがったりする様子がない。

客の男も虚を衝《つ》かれたようで、あえて長門に対し、怒りや愚痴をぶつけることはしなかった。

「こん店の番頭を連れて来ましたによって、後は番頭相手にお話しください。籤をやり直せでも、粽の金を返せでも、更紗金魚をよこせでも、何でも言わはったらええ」

長門の言葉に、安吉は凍りついた。これではまるで火に油を注ぐようなものだ。それを耳にした番頭も、ぎょっとした表情を浮かべ、苦々しい顔つきになった。

「坊ちゃん」

番頭はそっと長門の袖を引いている。自分が出て行って謝罪しようというのだろうが、長門は客の男に目を据えたまま動こうとしなかった。

ほな、すぐにでも金を持って来い、くらいなことを客が言い出すかと、安吉は恐れていたのだが、意外なことにそれもなかった。長門からあまりにはっきりと、えげつない言葉を聞かされたため、これから自分が言おうとしていた内容の非常識ぶりに気づかされたということか。

じっと黙っている客の目に浮かんでいるのは、怒りでもきまり悪さでもない。ただ、無念とでもいったやるせない感情だった。

「ほな、後は番頭にお相手させますよって、安吉は引き取らせてもらいます」

長門は客の男から安吉に目を向け、「ついて来い」という眼差《まなざ》しを送ってきた。だが、安吉は気づかぬふりをした。

これまで長門の言うことには必ず従ってきたのに、この時に限って、どうしてそんなことをしてしまったのかは、安吉自身にも分からない。

ただ、ここで客の男を番頭に任せて、この場を去るのは間違っている、という気がしたのである。

「いえ、まだお客さまのお話が途中ですので」

安吉は長門には目を向けずに言った。語尾がかすかに震えたが、勇気を出して続けた。

「御用の向きは、お客さまのお話が終わりしだいお聞きいたします」

「何やて」

長門の声が不穏にくぐもる。

「安吉、ここはもうええ」

番頭が抑え気味の声で言った。それから、長門の横をすり抜けて部屋へ入って来ると、その場に正座して客に深々と頭を下げた。

「よんどころない事情がありますよって、安吉は下がらせていただきます。後は番頭の私めが承りますよって」

客に向かって言い終えるなり、番頭は安吉に向かって「早う行け」と小声で告げた。

だが、安吉は無言のまま動かなかった。

「安吉、あんたは坊ちゃんの言うことに、何でも従わなあかんはずやろ。早う行かんか」

「いえ」

番頭の言葉に、安吉は短く答えるだけだった。

客の顔に浮かんでいた怒りの色はなりを潜めていた。何やらおかしな雲行きになったと、安吉、番頭、そして戸口に突っ立ったままの長門の顔を、代わる代わる見つめている。

「よう分かったわ。もうええ！」

不意に長門がいつもより甲高い声で言い放った。

「そない言うからには、覚悟はできてるんやろな！」

長門はそれだけ言うなり、さっと踵《きびす》を返して去って行った。戸が開け放されたままなので、遠ざかって行く衣擦れの音と足音が聞こえてくる。それがすっかりなくなってから、番頭はやれやれという様子で立ち上がると戸を閉めた。

「あんた、ええのか？」

客の男が気がかりそうな目を安吉に向けて問うた。

「よくはありませんが、今はお客さまとのお話の途中ですので」

安吉はゆっくりと言葉を返した。

「それはおおきに……ちゅうのも、何か変か」

客が何とも落ち着かない様子で、最後は独り言のように呟《つぶや》く。

「それで、お客さま。うちの店へのお望みがいかなるものか、そろそろ承りたいんどすが」

番頭が改まった様子で膝を進めた。

「望み、やて？　そう言われてもなあ」

客の物言いに躊躇《ためら》いの色が混じり込む。

「望み、ちゅうようなもんはおありでない、ということでございましょうか」

客の言質《げんち》を取ろうとする呼吸をさすがだと思いながらも、安吉はなぜかこれで終わらせない方がよいという気がしてならなかった。

「望みはおありでございましょう。先ほどはそういうお話だったように思いますが」

安吉は話に割って入った。番頭が安吉を睨《にら》みつける。

「籤を引いた息子さんは、何か言っていないのですか」

安吉は番頭の無言の重圧を無視してさらに訊いた。

「倅か」

客の男がふと力の抜けたような声を出す。

「倅はもう、あてのところにはおらん」

「えっ」

安吉の口から驚きの声が漏れた。客の男は静かに話し始めた。

「倅は今、女房の実家で暮らしてるんや。近江やから遠うはないんやけど、容易《たやす》うは会わせてもらえへん。前にあてが倅を殴って大けがさせたことに、女房とその実家が腹を据えかねたんや。離縁はしてへんが、女房の実家はせっついてくる。あても、己が倅から怖がられてるのは分かっとった。けど、もう一度心を開いてほしいて、あの日だけ京へよこしてもろうたのや」

意外な告白だった。

端午の節句はこの客にとっても息子にとっても、本当に特別な一日だったのだ。息子が更紗金魚を欲しいと言うのを、男は何とかして叶《かな》えてやりたかったのだろう。更紗金魚が当たれば、息子がその拍子に心を開いてくれるなどと願をかけていたのかもしれない。

「あてはこういう質《たち》やからな。あん時も何で当たらへんのかと、腹を立てた。倅を怒鳴りつけたわけやないけど、倅は泣き出しそうな顔をしよった。あてが怒り出すのが怖かったんやろ」

結局、仲直りは失敗や――最後に男は消え入るような声で呟いた。

「番頭さん」

安吉は改めて番頭に向き直り、姿勢を正した。

「このお客さまの息子さんに、更紗金魚を差し上げることはできませんか」

「あれは、店で売る品ではありまへんが……。まあ、作れんわけやありまへん」

物言いからして、番頭も情にほだされたのか、検討の余地なしというわけではないらしい。

「けど、倅はしばらく京には来ん。あても今のような事情から、倅に会いに行くことはできん」

客は肩を落として呟いた。すると、

「うちは品物をお手もとに届けることもございます。まあ、近江は少し遠いどすが」

と、番頭が言い添えた。この言葉を聞いた途端、客の顔がぱっと明るくなった。

「金ならば払う」

と、客は勢いよく言う。

「主《あるじ》に相談してみんと分かりまへんが、この時節やさかい、近江まで船を使うかもしれまへん」

「かまわん。そうした費《つい》えはすべて持つ」

「分かりました。粽を仰山買うてくださった事情もございますし、うちでも多少の配慮はいたします」

番頭がそう言って、話は急速にまとまった。九平治と相談の上、仔細《しさい》は改めて知らせるということで、客にはまた二日後に果林堂へ来てもらうこととなった。

「ところで」

客の男が最後になって、思い出したように安吉に目を向けた。

「あんたはさっき、ここの坊ちゃんを怒らせてしもたんやったな」

大事ないんか——男の目が心配そうに揺れている。その言葉を聞くなり、番頭も急に顔色を変えた。

「そうや、安吉。あんた、早う柚木の坊ちゃんに謝りに行きなはれ。今ならまだ、坊ちゃんも許してくれるかもしれへん。坊ちゃんかて鬼でも蛇《じゃ》でもないやろし」

番頭の慌てぶりに、客も事態の深刻さを察したらしい。番頭と一緒になって、早う行けと、安吉を急《せ》かした。急いで頭を下げ、立ち上がった安吉の背に、

「あんた、安吉はんというたな」

客の男が声をかけた。安吉は戸にかけた手を止め、振り返った。

「あての話をよう聞いてくれはった。すまんかったな」

心からしみじみ感じ入ったというような声で、客の男が告げ、安吉に頭を下げた。

「いえ、お客さまのお心が和らいだのなら、よかったです」

安吉は静かに言い置いて、部屋を出た。その途端、安堵《あんど》の息が漏れた。

最後には何とか客の怒りを収める形で決着できた。どうしていいか分からぬまま、ただ勘に従って動いただけだが、店の役に立ててよかったと思う。ただ、長門のことを考えると腹が痛くなりそうだが……。

(よし、行こう)

気持ちを切り替えると、安吉は柚木家の母屋《おもや》へ向かい、一目散に駆け出して行った。


長門を追って、店の奥にある柚木家の玄関口まで走って行った安吉は、そこに二つの人影を見つけて足を止めた。

玄関にいたのは、得意先の公家屋敷へ菓子を届けに行っていた九平治と、柚木家の女中らしい女であった。

「親方、帰ってらしたんですか」

「ああ、安吉」

九平治が浮かない顔を安吉に向ける。女中も困惑気味の表情を浮かべていた。

「長門の様子がおかしいそうや。今、この者から話を聞いていたところや」

と、九平治が説明した。何でも、長門の部屋から大きな物音がしたのだという。

「花瓶やお皿のようなものが割れるような音が、立て続けに」

という女中の言葉を受け、再び九平治が続けた。

「声をかけても返事がないそうや。で、部屋の戸を開けようとしたら、開かないんやて」

「どうしてでしょう」

「そりゃあ、開かんように、長門が中で何かしたに決まってるやろ」

「何で、そんなこと……」

「あてに分かるわけないやろ。何で人の嫌がることばかりするんか、あんたから長門に訊いてくれ！」

思い浮かんだ疑問をそのまま口にしただけなのだが、安吉は九平治から怒鳴りつけられてしまった。

「どないいたしまひょ」

女中が九平治の顔色をうかがうようにしながら問う。

「そりゃあ、まずは部屋から出て来てもらわなあかん。あてが声をかけてみまひょ」

はなはだ自信がなさそうに、九平治が言った。

「あてでだめなら、お義父《とう》はんに出てもらわなあかんやろなあ」

さも気の滅入った声で、九平治は呟く。

どうやら店へ顔を出すよりも先に、長門の問題を解決しなければならないと考えているようだ。九平治にとって、柚木の血を引く義弟がいかに重いものであるのか、教えられた形であった。

「親方」

安吉は思い余って声をかけた。大変なことをしてしまったのだ、という思いが重荷となってのしかかり、

「長門さまを怒らせてしまったのは、俺なんです」

安吉は声を震わせて白状した。

「あんたが長門を怒らせたやて？」

意外そうに目を細めて、九平治は安吉を見た。

九平治の目には、安吉が誰かを本気で怒らせるようには見えなかった。言動が少しばかりこちらの思惑から外れていて、いらっとさせられることはあるものの、それ以上のことはしでかさない。何より、かなりの忍耐を伴う長門の相手も、初め予想していたよりはずっとうまくこなしていた。

長門とて安吉を嫌ってはいないはずだ。でなければ、あちこち連れ回したりはしまい。手のかかる長門の相手を務めてくれるなら、それに越したことはない。なかなか便利な若者を久兵衛は送ってくれた――と、九平治は内心喜んでいたのである。

「怒らせたって、いったい、あんた、長門に何をしたのや」

九平治の声に、今度は不穏な響きが混じり入った。

「長門さまからついて来いと言われたんですけど、それに従わなかったんです」

「あんた、うちの店に入る時、よう言うて聞かせたやないか。長門の言いつけには、何をおいても従うてもらわなあかんて――」

「へえ。でも、今日ばかりはそん時、お客さまのお話を聞いてましたんで」

安吉はつい先ほどからの事情を、手短に説明した。

「そないなことがあったんか」

九平治はおもむろに呟き、それから安吉に複雑な眼差《まなざ》しを向けた。

「あんたはようやった」

何度もうなずきながら、九平治は言う。

「あんたのお客さまへの対応は褒められたもんや。番頭からは後で話を聞くが、十分あんたに感謝してるやろ。せやけどな」

それと長門の話とは別のことや、と、九平治の声の調子が再び厳しいものとなった。

「長門の言うことに従わず、あれを怒らせた時はここを出て行ってもらう。初めからそない約束やったこと、忘れてはおらんやろ」

「へ、へえ」

「気の毒やけど、そういうことになるかもしれん。まあ、あてからも口利きはするけどな。

あれの機嫌を取り結ぶんは、宮中にお納めする菓子を作るより難しいさかいなあ」

九平治は半ばあきらめがちに言い、再び玄関へ向けて歩き出した。

何とかしてください――その背中にすがりつきたい気持ちに駆られたが、既《すんで》のところで安吉は思いとどまった。

九平治とてできるものなら、どうにかしてくれるはずだ。それが無理なら、後はもう自分で何とかするしかない。そう思った時、安吉の体は自然に動いていた。

「長門さま」

安吉は玄関前の地面に正座すると、腹を据えて声を張り上げた。

「安吉です、長門さま。先ほどは申し訳ありませんでした」

そう告げてから深々と頭を下げる。その様子を、九平治と女中が口を開けて、ぽかんと見つめていた。

「長門さまが外へ出て来てくださるまで、俺、ここでお待ちしてますから」

顔を上げてから声を張り上げ、もう一度頭を下げる。それから体を起こすと、後はその姿勢でひたすら待つつもりであった。

「安吉、あんた、長門がわざと何日も家から出て来んかったら、どないするつもりや」

困惑した顔つきで、九平治が問うと、

「今、言った通りにするだけです」

安吉は静かに答えた。

九平治はあきれたように溜息《ためいき》を一つ漏らしてから歩き出した。そのまま玄関へ入り、草履を脱いで中へ入ろうとする。その時、奥の暗い廊下で影がうごめくのを見て、九平治は思わずびくっとなった。

「誰や」

奥へ向かって声を放ったが、よく見れば当の長門である。

「何や、長門。部屋の外におったのか」

ほっとして九平治は安堵の声を上げた。

「心配したのやで。部屋で物の割れるような音がしたて聞いたさかい」

猫なで声になって、九平治は言った。

「茶器が割れたんや。お義兄《にい》はんがくれた九谷《くたに》の茶器や」

さらっと告げられた言葉に、九平治の眉がわずかに吊《つ》り上がる。九谷の茶器は値の張る品で、九平治が柚木家との養子縁組を結ぶ前、話をまとめるべくせっせと柚木家に進呈した品の一つであった。

「まあ、惜しいことしたが、長門に怪我のないことがいちばんや」

九平治は何とか猫なで声を保ったまま言った。だが、

「花瓶も割れてしもたわ。お義兄はんが二条《にじょう》さまからもろた白いやつや」

という、さらに容赦のない報告が続いた。

五摂家《ごせっけ》の当主から頂戴した花瓶となれば、それだけで家宝となり得る。第一、割ったな

どということが二条さまのお耳に入れば、どう思われることか。

怒りを表に出さぬよう何とかこらえていると、長門が九平治の脇をすり抜けて外へ出て行った。

「どこへ行くのや」

慌てて振り返り、九平治は長門に声をかけた。

「どこへ行こうと、あての勝手ですやろ。まだ日は高いのやし」

安吉は連れて行かへんのか——そう訊きたいところだったが、九平治の口は思うように動かなかった。それを言ってしまったら、長門がその後、どんな反応を見せるのか、見当もつかなかったからだ。

九平治が口を閉じたのを見澄ますと、長門はすたすたと歩き出した。

「長門さまっ！」

安吉は必死に呼びかけたが、長門は安吉などそこにいないかのように、横をすり抜け外へ行ってしまう。

「安吉」

家の中から飛び出して来た九平治が安吉の名を呼んだ。弾かれたように安吉が振り返ると、「ついて行け」というように、九平治は顎《あご》をしゃくった。

安吉は立ち上がると、少し足もとをふらつかせながらも、すぐに長門の後を追いかけて行った。

長門の外出はいつものことである。今回違っているのは、安吉が勝手について行ったことだけだ。

三

長門は二条大路で駕籠《かご》を拾ったが、安吉には一度も目を向けなかった。その時、まだ追いつけないでいた安吉は、長門が駕籠かきに告げた行き先を聞き取ることもできなかった。

長門が乗った駕籠を見失わないようついて行くのは、いつものことである。安吉はひたすら駆け続けた。陽射しは厳しいし、少し走っただけで汗が噴き出してくる。京の夏の暑さはたまらないが、それでもさんざん走らされてきて、前よりもずっと速く走れるようになっていた。

向かっているのはどうやら東側。ほんの少し北にそれてもいるようだ。やがて、鴨川《かもがわ》の橋を渡った。三条大橋より北側の橋だと思われるが、御池《おいけ》大橋なのか二条橋なのかは分からない。

さらに進んで行くと、平安神宮が見えてきた。前に、長門に連れて来られたことがある。だが、この日はさらに北寄りに進み続けた。

さほど高くない山が見えてきたが、その山の名は安吉には分からない。まさかこの山を登るのかと少々焦ったが、幸いそうはならなかった。長門の駕籠は山のふもとで停まったのだ。

ふもとに大きな神社があった。

鳥居の前の通りには茶屋が立ち並んでいたが、長門は立ち寄る気配も見せず、ひとり神社の中へ進んで行く。安吉はその背中を追いかけた。これまで足を使っていない長門と、走り疲れてへとへとの安吉では、ともすれば差が開きそうになるのだが、安吉は何とか懸命に足を動かし続けた。

ここまで来て、長門を見失うわけにはいかない。その上、安吉には走っている間に思いついたことがあった。それをどうしても長門に伝えなければならぬと思う。初めはただ必死なだけだったが、今はその一念が安吉を動かしていた。

その神社は何柱もの神が祀《まつ》られており、社殿も敷地のあちこちに設けられているようだ。

「さすがは吉田《よしだ》神社や」

途中、参拝者の感嘆する声を聞いた安吉は、ここが吉田神社というらしいと知った。が、それ以上のことは分からない。一方の長門はよく知る神社らしく、道が交差すれば迷うことなく進むか曲がるかを決め、脇目も振らずに進んで行く。

やがて、敷地の中に新たに設けられた一つの鳥居をくぐった。安吉も後を追う。参道をさらに進むと、社殿が現れた。

長門はその社殿に向かって参拝を始めた。いつもの倍以上もの時をかけて、ゆっくりと祈りを捧《ささ》げている。

やがて、社殿に最後の拝礼を済ませた長門はくるりと踵を返して、安吉の方に歩いて来た。相も変わらず無視されたが、安吉はものともせず声をかけた。

「長門さま」

目の前を通り過ぎられたとしても、追いかけて話しかけるつもりだったが、意外にも長門は足を止めた。

完全に無視されているわけでないと知り、安吉は安堵と喜びを覚えながら先を続けた。

「俺、長門さまにお訊きしたいことがあるんです」

安吉は息を整えながら、取りあえずそれだけ告げた。長門に話を遮りそうな気配はない。

安吉は唇を舌で湿らせてから、

「さっき、俺を助けようとして、番頭さんを連れて来てくださったんですよね」

と、一気に言った。

「店の人たちにあのお客さんを押し付けられて、困ってた俺を助けようとしてくれたんでしょう?」

長門は前方を向いたまま微動だにせず、無論のこと、安吉への返事もなかった。

「番頭さんを連れて来てくださったのも、ああいう仕事は番頭さんがやればいいって思ってるからですよね。でも、俺からはそんなこと言えない。だから、長門さまが代わりに言ってくださったんでしょ」

長門が立ち止まって聞いてくれていると思うと、つい気が大きくなってしまう。ちょっ

と馴《な》れ馴れしくしすぎたか、と安吉が反省しかけた時、

「相も変わらず、おめでたい奴やな」

長門の口からぽろりと呟きが漏れた。安吉は力を注ぎ込まれたように活気づいた。

「ここまでは、絶対に俺の考えは間違ってないっていう自信があります。で、これから先は、ちょっと自信のない想像なんですけど……」

と、前置きして先を続ける。

「もしかしたら、長門さまはわざと俺を窮地に追いやって、あのお客さんの怒りを冷まそうとしたんじゃありませんか」

長門の返事はなかった。

「あのお客さん、初めは自分の怒りにしか目が向いてなかったんですけど、長門さまが出て行かれた後、自分のせいで俺の立場がまずくなったんじゃないかって、俺のこと心配し始めたんですよ」

その後は本音でしゃべってくれました——と、安吉は続けた。

長門がどこまで事態を予測していたかは分からないが、仮にたまたまだったとしても、あの時割り込んできてくれたのがきっかけで、客の気持ちも話の成り行きも変わったのは紛れもない事実であった。

「違うとはおっしゃらないんですね」

「そうやとも言うてへん！」

にこにこと嬉しそうな安吉に、長門は思わず振り返って答えた。

「そうですね」

安吉はこらえようとしてもこらえきれず、さらに顔が笑みで崩れた。長門はまた前を向いてしまうと、

「あんた、ここがどこか分かってんのか」

むっとした口ぶりで、強引に話を変えた。

「いいえ、知りません」

安吉はしれっと答えた。長門が返事をしてくれるようになった今となっては、ここがどこだろうとどうでもよかった。

「ここは、菓祖《かそ》神社や」

長門がいつになく神妙な声で答える。

「かそじんじゃ？」

「祀られてるのは菓子の神と言われる田道間守命《たじまもりのみこと》さんと、饅頭《まんじゅう》を最初に作らはった林　浄因命《はやしじょういんのみこと》さんや」

「ええっ、菓子の神さま？」

安吉は文字通り飛び上がり、頓狂な声で叫んだ。

「やっぱり分かってなかったんやな」

あきれた口ぶりで呟きながら、再び長門が安吉を振り返った。

「ちゃんと拝んだんか」

　まるで親が子供の世話を焼くような口ぶりで、長門が安吉に問う。

「拝んでませんよ。長門さまを見失うまいと必死だったし、そんな神さまとは思ってなかったし……」

今から手を合わせてきてもいいですか——と、安吉は慌てて尋ねた。

長門は返事をしなかったが、それはいいということだと、安吉は勝手に判断した。先ほど長門がいた社殿の真ん前まで行こうとして、ふと思い直したように安吉は立ち止まる。

「長門さま、待っててくださいますよね」

念を押すように尋ねたが、やはり長門は返事をせず横を向いている。

「待っててくださいよ。俺が参拝を終えてくるまで、ちゃんとそこにいてくださいね」

安吉はもう一度念を押してから、社殿の前まで進み、ゆっくりと祈りを捧げた。満足しきった顔つきで安吉が戻って来た時、長門はちゃんとその場にいた。

「何を祈ったんや」

今度は長門の方から口を開いた。

「そりゃ、決まってるじゃありませんか。俺が立派な菓子職人になれますようにってことですよ」

意気揚々と告げる安吉に、長門は鼻で笑い返した。安吉はへこたれる様子も見せず、さらに元気よく語り続ける。

「せっかくだから、江戸にいる俺の妹弟子みたいな子も、ちゃんと立派な菓子職人になれますようにって。それから――」

「まだあるんか」

　そないいくつも叶えてくれはるわけないやろ――憎らしげな声で言う長門に、安吉は満面の笑みを浮かべて、

「長門さまが柚木家を背負って立つ、菓子の名職人になられますようにって、お祈りしたんですよ」

　と、続けた。長門は一瞬言葉を失った。が、すぐにいつもの長門に戻ると、

「あてはもう柚木家を継ぐことはあらへん」

　と、安吉から目をそらし、低い声で言った。

「そんなことはまだ分からないじゃないですか」

　安吉が明るい声で押しかぶせるように言う。

「俺、親方はいずれ長門さまに家督を譲るつもりがおありなんじゃないかと思うんですよ。でなきゃ、長門さまのこと、あんなに大事にしないだろうし」

　長門は横を向いたまま黙り込んでいる。

「それに、柚木家の家督と主果餅《くだもののつかさ》って言うんでしたっけ、その職をお継ぎにならなくたって、京菓子の名職人になられたらいいじゃないですか。長門さまにはそれだけの血が流れてるんですから」

安吉の底抜けの気楽さにあきれ返ったのか、長門は改めて安吉に目を向けると、子供らしくない深い溜息を漏らした。

「あんたの太々しさには神さんもあきれてはるやろな」

「そうですかね」

安吉はのんびりとした口ぶりで受け流した。それに続けて、塒《ねぐら》に帰るらしい烏《からす》の間延びした鳴き声が聞こえてきた。安吉はふと空を見上げてから、長門に目を戻すと、

「親方が心配してますよ。あまり遅くならないうちに帰りましょう」

と、勧めた。お供します――続けて言うと、長門はふんと鼻を鳴らし、少しばかり胸をそらして歩き出した。


それから、半月ほどが経《た》った五月の下旬。

梅雨もそろそろ明け、いよいよ夏の蒸し暑さが迫ってこようという時節である。この時期は食欲も失《う》せるというので、菓子屋では葛を中心とした涼しげな菓子がにわかに売れ行きを伸ばし始めていた。

「邪魔するぞ」

果林堂に一人の武士が現れた。つかつかと大股で番頭のもとまでやって来る。それを見るなり、番頭はすぐさま近くにいた丁稚に何やら合図を送った。

「これは、田丸《たまる》さま」

番頭は相手の機嫌を取り結ぶような声を出した。

「まったく暑うございますことで。かような折に、わざわざ足をお運びいただきまして」

「うむ。妻は今月もこちらへ参ってはおらぬか」

「残念ながら……」

番頭はさもおつらいでしょうという様子で、溜息を漏らしてみせた。

「私どももお待ちしてるんどすが、生憎、ここ一年近くお見えになられまへんようで」

「そうか」

武士は重々しく低い声で呟き、少しばかりうつむいた。

「あれは、この店の菓子が気に入っておった。十日に一度は、自ら足を運んでここの菓子を買うていったはずじゃ」

「へえ。さようでございました」

「特に、〈最中《もなか》の月〉をよう買うていた。実を言うと、わしは餡《あん》の入った菓子の方が好きじゃった。無論、皿の上に出されたものについて、とやかく申すことは武士として恥ずべきこと。そう思い、わしは一度たりとも妻に文句など言うたことがない。されど、今となっては――」

番頭はん――と、その時、丁稚が袖を引いた。番頭が振り返ると、丁稚の後ろに安吉が立っている。

「田丸さま」

番頭は遠慮がちに、相手の言葉を遮った。はっと我に返った様子で、田丸という武士が番頭とその傍らの安吉に目を向ける。

「先日、田丸さまのお話をお聞きした安吉にございます。事情のよく分かる者がお話をお聞きした方がよいと存じますので、どうぞ奥の部屋でいろいろとご相談くださいませ」

番頭からそう言われると、田丸は「うむ」と当然のようにうなずいた。

「では、どうぞこちらへ。ご案内します」

安吉はそう言い、田丸を奥の部屋へ連れて行く。

後は、半刻（一時間）ばかりの間、この田丸外記《げき》という武士の話をひたすら聞くことが安吉の仕事であった。

田丸外記が妻と呼ぶ女人は、すでにこの男の妻ではない。正式に離縁しているのである。その後、元妻だった女人は京の実家から姿を消したそうだ。もちろん、田丸外記の目が届かぬところに行っただけなのだろうが、外記は居場所を突き止めねばならぬといきり立っている。

この店へ来るより、奥方のご実家へ行ったらどうですか——そう言いたいところだが、それを言ってはならない。大方、そちらで相手にしてもらえないからこそ、この店へ来ているのだろうから。

果林堂で持て余し気味であるこの武士の相手は、これまで番頭が務めていたのだが、安吉が更紗金魚の一件を見事にさばいて以来、安吉の役目になった。

「あんたならうまくやれる！」

番頭に都合よく太鼓判を押された結果である。

この客の場合、果林堂を悪く言うわけでもなく、大きな声を出すわけでもないので、要するに話し相手になって差し上げたらええのやと、番頭は安吉に告げた。決して逆らわず、ひたすらうんうんとうなずき返し、帰りがけ、ちょっと機嫌がよいようなら菓子を買って帰るよう勧めればいい。田丸外記は迷惑な客には違いないが、三回に一回くらいは買い物をしていくので、丸きり迷惑というわけでもなかった。

ただ、最中の月はあまり好きではなかった――そう言うのが口癖であるにもかかわらず、外記が菓子を買って帰る時、それは決まって妻が好きだったという最中の月なのであった。

四

同じ頃、梅雨明けを控えた江戸では、久兵衛が仕舞屋の居間に皆を呼び集めていた。辰五郎が手伝いにやって来る日をあえて選んだようで、辰五郎と太助、なつめの他、子供たちも含めて一家の皆が顔をそろえている。

久兵衛はその席で、おもむろに一通の書状を取り出した。

ふだん皆を集めて披露されるのは新作の菓子であることが多い。そのため、皆の目が意外そうに書状へ向けられていた。

「それ、なあに?」と、無邪気な亀次郎が尋ねる。

「これは、京から届いた文だ」

「京から、ですって?」と、おまさが驚きの声を上げた。

「ひょっとして、安吉からですか」

辰五郎が身を乗り出して問う。

「いや、あいつはこんな気の利いたことはしねえだろう」

久兵衛が苦笑いしながら答えた。

「あいつは旦那さんから口利きしてもらったわけだし、その後のことを知らせてくるのは礼儀ってもんでしょうが……」

と、今度は辰五郎が苦笑を浮かべて言った。

「まあ、そんな余裕もねえだろうよ。金も暇もな」

久兵衛は安吉の無沙汰《ぶさた》に、さほど気分を害しているふうでもない。

「けど、安吉がどんな暮らしぶりかがここに書いてある。俺が仲立ちした菓子屋の主人から、安吉を世話しているという知らせが届いたんだ」

「安吉さん、どうしているの?」

郁太郎が興味深そうな目を久兵衛に向けて尋ねた。

「俺が仲立ちしたのは果林堂って店の主で、九平治という男なんだが、そこで世話になってるそうだ。驚いたことに、九平治の奴、従七位《じゅしちい》の官位を持つ柚木家って家に養子に入っていたらしい」

「ほう、柚木家といや、主果餅の家じゃなかったかね」

京に暮らしていたことのある市兵衛がすぐに応じた。

「そうだよなあ。婿養子にでも入ったのか、くわしい話は書いてないんだが……」

「安吉さんは、そこで職人として修業をしているんだよね」

郁太郎の問いかけに、「それがなあ」と久兵衛は先を続けた。

「厨房での仕事もしているようなんだが、はかばかしいことは書いてねえ。その代わり、店での仕事ぶりのことがくわしく書いてあった。なかなか重宝されているらしいぞ」

「店の仕事って、お客さまの相手でもしてるんですか。あの安吉さんが――?」

太助が頓狂な声を上げ、

「安吉さんがお客さまのお相手ですか?」

なつめも目を丸くしてしまった。どう考えてみても、安吉にそんな才があるとは思えない。客をもてなすどころか、毎日のように客を怒らせていそうではないか。

おまさも首をかしげながら、どんなふうに書いてあるのかと久兵衛に尋ねた。

「京の客はちょいとばかし、口うるさいらしい。小さなことで文句をつけてくる客が多いそうだ」

朝廷から官位をもらう家となれば、余計に悪い評判を立てられるわけにいかないから、そういうところも大変なんだろう――と、久兵衛は続けた。

「あらまあ」

と、おまさが声を上げた。

「逆に、お客さんを怒らせてしまいそうですけどね」

なつめの内心と同じことを、太助が遠慮のない口ぶりで言う。

「初めから怒ってる客の相手だから、逆にうまくいくんじゃねえか。それに、裏表のないところがあいつのいいとこだからな」

久兵衛は疑う顔色も見せず、文の中身をそのまま受け止めているらしい。

「店をやってりゃいろいろある。あいつがそういうことを学ぶのも悪くはねえだろう」

「でも、安吉さん、職人の修業をしに京へ行ったんでしょう？　それができないんじゃかわいそうだよ」

郁太郎が安吉の立場を気遣うような口ぶりで呟いた。

「それでいらいらして潰れちまうようなら、そこまでだ。安吉もそれは分かっているさ」

厳しさと同時に相手への期待のこもった物言いだった。久兵衛はその後、手にしていた九平治の書状を目の前に置くと、

「ところで、もう梅雨も明ける頃になったが」

と、声の調子を変えて切り出した。その目が一座の中でまっすぐなつめに据えられる。

「なつめ、夏の新しい菓子を考えついたか」

「それが……」

なつめはすぐに返事ができずうつむいた。夏といえば何だろう――あれこれ考えをめぐらしてはみた。前に写させてもらった市兵衛の見本帖《みほんちょう》を眺めるのも、心弾むひと時だった。朝顔、紫陽花《あじさい》、不如帰《ほととぎす》など、夏の花や鳥を思いつくままに描いてみるのも楽しかった。

しかし、ともすれば、すでに見本帖に描かれたのと似た菓子となり、思いつく夏の風物もありきたりのものばかり。いや、ありきたりでも菓子にする上での工夫があればいいのだが、それこそ思いつかない。もっと気楽にかまえた方がいいのかもしれないが、目の前に久兵衛の六菓仙が浮かんでくると、せっかくの案も煙のように頭の中から消えていってしまう。

「まあ、まだ夏はこれからだ」

久兵衛は言った。

「主菓子《おもがし》でもそうでなくてもいい。大仕掛けである必要もねえ。ただ一つ、夏らしくて、他にない工夫があればそれでいいんだ」

「はい」

何とか梅雨が明けるまでには見つけ出したい――その思いをこめて、なつめは返事をした。

話が終わって、皆が席を立ち始めた時、なつめは郁太郎から「ちょっと相談があるの」と声をかけられた。

郁太郎に袖を引かれるまま、部屋の隅に行くと、例によって亀次郎がくっ付いて来たが、郁太郎は気にしていない。どうやら二人そろっての相談ごとのようだ。

「おいらと亀次郎が寺子屋で教えてもらってる先生は、佐和先生っていうんです」

「ええ。お武家の立派な女の先生だと聞いていますす」

「はい。そうなんですけど……」

郁太郎が少し口ごもった。

「とっても怖いんだ」

と、亀次郎が兄の言葉を引き取って言う。

「叱られるようなことをしなければ、怖いことはないんです。亀次郎は前に一回叱られてから、怖くなったみたいだけど」

困った顔つきになって、郁太郎が溜息を吐《つ》いた。

「おいらから見ると、先生に慣れてないから怖がってると思うんです。ほら、なつめお姉さんはずっとおいらたちと一緒にいてくれて、いっぱいお話もできたけど、佐和先生は大勢の子を見ているから、そんなにお話しできないし」

「でもねえ。寺子屋の先生っていうのはそういうものよ」

「それでね。おいらと亀次郎の二人で、佐和先生にお父つぁんのお菓子を届けようと思うんです。先生が喜んでくれたら、おいらたちも嬉《うれ》しいし、亀次郎も先生を怖がったりしなくなると思って」

「お菓子、喜んでくれるかな」

亀次郎は自信がなさそうに呟いた。

「喜んでもらえるお菓子を、二人で見つけようって約束したじゃないか」

郁太郎が励ますように言う。

「二人の気持ちを知ったら、先生、とてもお喜びになると思うわ」

なつめは明るい声で、二人を後押しした。

「それでね。どうせなら、六月十六日の嘉祥《かじょう》の日にしようって思うんだ」

「嘉祥の日って、確か千代田の御城で公方《くぼう》さまがお大名衆に、菓子をお配りになる日ね」

「うん、そう」

郁太郎はにっこりと微笑《ほほえ》んで答えた。

「何でもない日より、特別な日の方が楽しいんじゃないかなって。せっかくだから、先生に喜んでもらえるお菓子にしたいんだ」

「先生にぴったりのお菓子を、坊ちゃんたちで選ぶということね」

「うん。先生の好きなお菓子が分かればいいけど、訊くわけにもいかないでしょ。おいらたち、先生を驚かせたいからさ」

郁太郎の目は期待にきらきら輝いている。

「驚かせたいなら、面と向かっては訊けないわねえ」

「せめて先生の好きなものが知りたいんだ。たとえば、猫が好きとか、桜の花が好きとか、そういうの」

「なるほどね。でも、桜の花なら、それにちなんだお菓子はあるけれど、先生のお好きなものがちょっと変わったものだったらどうするの？」

「それは大丈夫」

自信を持って、郁太郎は請け合った。

「お父つぁんが上手に考えて作ってくれるって。そう約束してくれたんだ」

「そう。さすがは旦那さんね」

どんな注文が来てもそれに応えようという久兵衛の自信のほどに、なつめは改めて感心した。だが、今回はそれだけでなく、息子たちのために一肌脱ごうという気持ちもあるのだろう。

「それでね」

郁太郎が改まった様子で切り出した。

「なつめお姉さんにも力を貸してほしいんだ」

こうして話を打ち明けられた以上、もちろん、なつめも力になりたい。先生に贈る菓子作りを手伝ってほしいということだろうか。

「お姉さん、佐和先生のところへ行って、先生の好きなものを見つけ出してきてくれないかな」

「えっ、私が？」

なつめは目を見開いて訊き返してしまった。それは、郁太郎と亀次郎の役回りだと思っていたからだ。

「好きなものは何ですかって、訊いちゃだめだよ」

亀次郎が釘をさしてきた。

「おいらたちの考えに気づかれないようにしてくれなくちゃ」

「そう、先生を驚かせたいんだからね」

郁太郎も続けて言う。あまりに突飛な頼みごとに面食らってしまい、返事もできない。

そんななつめを余所《よそ》に、兄弟は秘密の計画が楽しくてたまらぬという様子で顔を見合わせ、ふふっと笑い合った。

五

子供たちの頼みに否とは言えなかったものの、寺子屋の佐和先生のもとへ、なつめがいきなり訪ねて行くわけにはいかないだろう。子供たちの送り迎えをすれば、顔を合わせることはできるだろうが、ゆっくり話をするのは難しい。何が好きか尋ねるだけの暇ならあるが、それも二人から禁じられている。

「実は、ちょっと困ってるんです」

結局、なつめはおまさに相談した。

「佐和先生にお菓子をお持ちするって話なら、あたしも聞いてるんだけど、あの子たちがなつめさんにそんなことを？」

おまさはなつめへの頼みごとの件は知らなかったらしく、少し吃驚《びっくり》していた。

「それで、佐和先生とさりげなくお話しする機会が持てればと思うのですが、何とかならないでしょうか」

「そうねえ。なつめさんに寺子屋へ行ってもらうのが一番いいけれど」

と、思案していたおまさは「それなら、ちょうど用事があったわ」とすぐに笑顔を浮かべた。

「先生に謝儀をお届けしなければならなかったの。あたしが伺うつもりだったけれど、なつめさんが代わりに行ってちょうだいな。あの子たちの手習いを見ていたこととか話しながら先生と親しくなって、聞き出せばいいでしょう」

「はい。それなら何とかなりそうな気がします」

なつめは笑顔でうなずき返した。


そして、五月末日の午後、なつめはおまさから預かった謝儀を届けに寺子屋へ向かった。謝儀は半年ごとでいいのだが、通い出したばかりの家はしばらくの間、月ごとに納める決まりだという。

それまで謝儀を届ける際には菓子も添えていたそうで、今回は牡丹餅《ぼたもち》を持たされることになった。

　寺子屋は照月堂からさほど遠くない、少し本郷寄りの場所にある。先生の自宅の一部を充《あ》てているそうだが、武家屋敷なので敷地は広い。子供たちが駆け回って遊ぶ場所には事欠かないものの、「先生に断らずに庭を駆け回るとすごく怒られるんだ」と亀次郎は言っていた。

（亀次郎坊ちゃんがあんなに怖がるなんて、どれほど厳しい先生なのかしら）

　郁太郎も先生の厳しさは否定しないし、おまさも「佐和先生は厳しく躾《しつ》けてくれるって、親御さんたちからは信頼されているそうよ」と言っていた。

　教えられた通り進んで行くと、佐和先生の屋敷はすぐに見つかった。

　門を入ると、矢印が描かれた板が立っていて、指された方へ進むと寺子屋の玄関に着くらしい。本来開いているのは昼過ぎまでだが、その後も読書や独習をする子供がいれば、先生もそちらにいるという。

　だが、この日、寺子屋の玄関は閉まっており、人気《ひとけ》もなかった。なつめはいったん案内板まで戻り、今度は先生の住まいの方へと向かった。

「失礼します」

　戸口で声をかけると、ややあってから、三十路《みそじ》ほどの女中が現れた。

「寺子屋でお世話になっている者の使いでございます。先生に謝儀をお届けしに参りました。菓子屋の照月堂とお伝えくだされば分かると思います」

「照月堂さんですか。今まではお母さまがいらしてましたが」

女中はおまさのことを覚えていたようで、なつめにそう尋ねた。

「はい。私は使用人ですが、今日はおかみさんから頼まれて参りました」

「でしたら、奥さまのもとへご案内いたしますので、お入りください」

女中はいったん奥へ引き取ることもなく、そう言った。

長く続く廊下を歩いて行き、南に面した奥の部屋へと案内される。女中が「奥さま」と声をかけ、なつめのことを伝えた。

「どうぞ」

涼やかな——というよりしんと冷えたような声がして、なつめは部屋の中へ入った。外に面した戸はすべて開け放たれ、簾《すだれ》が下ろされている。青い色の風鈴が吊るされていて、涼しげな音を立てていた。

庭の方に体を向けていた佐和先生が、なつめの方に向き直った。右手の指先を畳につけ、すっと体の向きを変えただけのわずかな動作だが、はっとさせられるほど美しくて無駄がない。背筋をぴんと伸ばして座っているその姿も、隙のないお手本のような姿勢と見えた。

年齢は四十路《よそじ》ほどだろうか、全体にとても痩せているのだが、そのすばらしい姿勢のせいか、ひ弱な感じはまったく受けなかった。

「照月堂の使いの者でございます。五月の分の謝儀とこちらをお届けするように言い付かって参りました」

なつめは挨拶し、謝儀を包んだ袱紗《ふくさ》と菓子を入れた箱を差し出した。

「それはご苦労さま」

佐和先生の口から、静かな声が漏れた。

「この度は、お母さまではないのですね」

「はい。私は照月堂の使用人ですが、去年まではお子さまたちに手習いをお教えしておりました」

「そう。あなたがその人でしたか」

郁太郎から聞いていました——と、佐和先生は静かな声で告げた。その後、郁太郎や亀次郎の学習状況や態度について話が進むかと思っていたが、その先の言葉はなかった。なつめは自ら言葉を継いだ。

「いつもお世話になって感謝していると、照月堂の主《あるじ》が申しておりました。この度は、牡丹餅を持参いたしました。お口に合えばよいのですが……」

「いつもかたじけないことです。照月堂さんのお品はおいしくいただいておりますよ」

「ありがとうございます」

なつめは再び頭を下げた。

しかし、この時もそれ以上会話が続かなかった。菓子が嫌いではないらしいが、どんな菓子が好きかは分からない。

(口数の多いお方ではないのだわ)

必要以上のことをしゃべるのを好まないか、あるいは武家の娘としてそういう教育を受けてきたのかもしれない。なつめもある時期までは武家の娘として育ったし、親の死後育ててくれた了然尼とて武家の出だが、こういう厳格さで接してこられたことはなかった。

町人の子供たちであれば、それが余計に強く感じられるのではないか。

(亀次郎坊ちゃんがなつくのは、ちょっと難しいわけね)

なつめはひそかに思いめぐらした。

だが、郁太郎と亀次郎はこの佐和先生を驚かせたいと願っている。おそらく無表情でいることが多い先生の、そうした顔を見たことはないのだろう。先生が感情をあらわにするところを一度でも見たならば、子供たちの印象も大きく変わるのだろうが……。

(帰る前に、何か先生のお好きなものを見つけなくちゃ)

なつめは焦りを覚え、ひそかに部屋の中を見回そうとしたその時、

「あなたは武家の出なのですか」

突然、佐和先生がなつめに問いかけてきた。郁太郎たちは知らぬはずだから、おまさがしゃべったのだろうか。しかし、それもおまさらしくない——などと思っていると、佐和先生が口を開いた。

「人に聞いたのではありませぬ。手習いを教えていたという話と、あなた自身を照らし合わせ、そうではないかと思うたまでのこと」

答えたくなければ答えないでもよろしい——とでも言いたげな、まるで寺子屋の子供を

相手にしている口ぶりで、佐和先生は言う。

「いえ、おっしゃる通りでございます」

「事情はあるのでしょうが、菓子屋で奉公を？」

「はい。菓子を作る職人を目指しております」

なつめはしっかりと顔を上げて答えた。

「そう。好きな道を自分で選び、進もうとしているのですね」

佐和先生の声色《こわいろ》に、初めて優しさとほんのわずか寂しさのようなものが入り混じった。

「わたくしがあなたくらいの年の頃、好きな道に進むなど考えたこともなかった。親の言うがまま嫁ぐものだと思っていましたし、実際そうなりました。そして、子なきまま夫に先立たれ、養子とした義弟が後を継いで、わたくしの役目は終わりました」

淡々とした物言いが、なつめにはどこか痛ましく聞こえた。

「先生にはお好きな道がおありだったのですか」

遠慮がちになつめが尋ねると、佐和先生は頰《ほお》をゆるめた。

「それは、今、やっておりますよ」

「あっ、寺子屋の先生ですか」

なつめはつい、明るく弾んだ声を出してしまった。佐和先生は声を立てず、口もと《もと》だけで微笑んだ。その笑みは控えめなものであるにもかかわらず、見る者の心に光を灯すような温かさがあった。

（それなら、小さな子がお好きということかしら）

ならば、子供たちの笑顔こそが先生の好きなものになるだろう。

〈望月《もちづき》のうさぎ〉みたいに、丸いお餅にちょっと工夫を入れて、子供の笑顔を表したりしたらいいのかも）

そんなことを考えていたら、先ほど鳴った風鈴が再び涼やかな音を立てた。

「すてきな音ですね」

耳を澄ませながら、なつめは呟いた。

「そうでしょう。あの音を聞くたびに暑さを忘れられます」

「本当に、涼を取るのに風鈴は欠かせませんものね」

と、うなずいて風鈴を見上げたなつめは、簾の陰に風鈴が二つ吊るされていることに気づいた。

（二つ鳴ったようには聞こえなかったけれど……）

おそらく音を鳴らしたのは、近くの青い風鈴の方で、奥の風鈴は音を立てていなかったはずだ。

なつめが奥の風鈴に目を凝らしていると、

「奥に吊るしてあるのは、風鈴ではないのですよ」

と、佐和先生が言い出した。

「えっ、風鈴の形に見えますが……」

いくら簾で光を遮られているとはいえ、間違えるはずがない。すると、佐和先生は少し小声で笑い、

「近くへ行って御覧なさい」

と、勧めた。言われるまま立ち上がって、件《くだん》の風鈴に近付くと、その正体が分かった。それは、風鈴よりほんの少し大きめのびいどろ製の器だったのだ。透明な器の中に水が容《い》れられ、水草らしきものが浮かんでいる。

「まあ、これは涼しげですね」

音は立てないものの、見た目で涼しさを感じさせてくれる。佐和先生は気持ちよく暮らす工夫を惜しまぬ人なのだなと、なつめは思った。

「その器には別のものも入っていたのだけれど、かわいそうでね。別のところに移してあるのです」

「かわいそう？」

佐和先生の言葉に、なつめは振り返って再び首をかしげた。すると、佐和先生は微笑を浮かべながら立ち上がり、「こちらへどうぞ」と奥の部屋へ向かった。仕切りの襖《ふすま》は初めから開いており、奥にも畳の部屋が続いている。

佐和先生はほどよく光が射すその部屋の飾り棚の前で足を止めた。そこには色違いの睡《すい》蓮鉢《れんばち》が二つ置かれている。佐和先生に勧められ、その中をのぞき込むと——。

「あら、金魚！」

なつめは思わず明るい声を上げていた。

中には、紅、白、黒などの入り混じった金魚がそれぞれの鉢に三匹ずつ、優雅に泳いでいる。ひときわ大きく美しい紅白混じりの金魚が、真っ先に目を引いた。

「かわいいですね。それに、見ているだけで涼しくなります」

なつめの言葉を、「そうでしょうとも」と佐和先生が受けた。なつめはおやと佐和先生の方へ目を向けた。言葉遣いはそれまでの礼儀正しさと堅さを保っているのに、声にはぐっと熱がこもっている。

「金魚売りから買ってきた時には、あのびいどろの器に入っていたの。でも、あそこでは泳ぎ回れないから、こうして鉢へ移しているのです」

「そうだったのですか」

なつめが最初に目についた大きな金魚を指さし、特に見事で美しいと褒めると、

「さらちゃんに目をつけられるとは、あなたもお目が高いこと」

と、佐和先生は実に満足そうな笑みを浮かべた。

「え、さらちゃん？」

「あの子の名前ですよ」

すっかり相好《そうごう》を崩した佐和先生は、話題の金魚にこの上なく優しい眼差しを注いでいた。

「こちらの金魚には名前がついているのですか？」

少し驚いて尋ねると、

「名前があるのは、さらちゃんだけです。この子は特別ですから」

という返事。

「更紗という種類の金魚なのです。ほら、異国渡りの華やかな更紗に見えるでしょう？」

さらに熱を帯びてくる佐和先生の口ぶりに驚きを隠せぬまま、気圧《けお》されたようになつめはうなずき返した。

「更紗という金魚は紅白だけでなく、紅と黒、黒と白のものもいるの。全身が赤いのは猩々《しょうじょう》といって、さらちゃんの鉢にいる他の二匹はそれです」

なかなか口を挟むきっかけがつかめなかったが、佐和先生が一息ついたところで、

「先生は金魚がたいそうお好きなのですね」

と、なつめはようやく口にした。

「それはもう」

佐和先生は深くうなずいた。そして、金魚のさらちゃんにじっと目を据えると、

「この子が特別なのは、初めて夫と一緒に選んだ金魚が紅と白の更紗だったからです」

と、今度はしみじみとした声になって続けた。その金魚が初代「さらちゃん」で、以後も紅白の更紗は絶やさずに飼い続けており、今いるさらちゃんは三代目だという。

「ご主人さまも金魚がお好きだったのですね」

なつめが尋ねると、佐和先生は「そうですねえ」と少し曖昧な物言いをした後、

「初めからそうだったわけではないと思うのですけれど、わたくしの知る夫は金魚の大好

きな人でした」

と、ゆっくり答えた。

「わたくしが嫁いでくる前、夫は鯉《こい》を飼っておりましたの」

と、佐和先生は続けて語り出した。ところが、佐和先生が嫁いで間もなく、池で飼っていた鯉がすべて死んでしまったという。夫はいつにも増して暑かった気候のせいだと言い、佐和先生の前で嘆きを見せることはなかったそうだが、口さがないことを言う者はいた。

「わたくしのせいで、鯉が死んだのではないか。わたくしが不吉なものをこの家に運んだのではないか。そういう声がわたくしの耳にも入ってきました」

「まあ、そんな」

目を伏せて呟いたなつめに、佐和先生は軽く首を横に振って続けた。

「つらかったのは陰口をきかれることではなく、わたくしに嘆きを見せまいとする夫を見ていることでした」

佐和先生の眼差しはいつしか睡蓮鉢の金魚へと向けられていた。

「それで、わたくしは夫に申したのです。また新しい鯉を飼ってください、と。そうしたら、夫はわたくしに問うたのです。鯉は好きか、と」

佐和先生の目が戻ってきたので、なつめは「先生はどうお答えになったのですか」と問うた。

「じっと見ていると、鯉に呑《の》み込まれそうな気がしてきて、実は少し怖かったと、正直に申し上げました。そうしたら、夫は『では、屋内で飼える小さな魚を飼ってみないか』と言い出したのです」

「それで、金魚を――ということになったのですね」

「ええ。夫と共に金魚売りのもとを訪ねた時、生まれて初めて更紗の金魚を見ました。もう一目で気に入ってしまいましたの。光を浴びてきらきら輝く姿や、水の中で揺れる尾ひれの優美なこと。人の陰口はともかく、鯉の件で気づかぬうちに疲れていた心が癒されるようでした。わたくしは夫とさらちゃんに救われたのです」

夫は二代目のさらちゃんを飼っている時に亡くなったという。夫を亡くし、子供もおらず、自分の役目は終わったと思う心の虚《むな》しさを癒してくれたのが、二代目のさらちゃんだったと、佐和先生は語った。

「失ったもの、望んでも手に入らなかったものを思って、嘆き続けていてはいけないと思いました。それで、わたくしは新しい道を見つけることができたのです」

「子供たちにものを教える道ですね」

なつめの言葉に、佐和先生はうなずいた。

「嫁ぐ前、通っていた手習いの塾で先生に頼まれ、そのお手伝いをしておりました。年下の娘たち相手のお役目でしたが、その子たちがつまずいた箇所を克服するのを見ると、我がことのように嬉しかった。夫の死から立ち直らねばと思った時、ああわたくしは人にものを教えることが好きだったと、ふと思い出したのです。そして、その夢を叶えようと思い立ちました」

決して恵まれた望み通りの道というわけではないだろうに、手に入らなかったものに執着して嘆くのではなく、新しい道を見つけて生きる佐和先生の姿に、なつめは胸を打たれた。

「先生のお強さは、亡きご主人さまと代々のさらちゃんのお蔭なのですね」

佐和先生の目は柔らかく微笑んでいる。

「あなたはもうすでに自分の好きな道を歩んでおられる。険しい坂や凸凹《でこぼこ》した道もあるでしょう。けれども、まっすぐに進んでください。それがあなたの周りにいる人々に力を与えることになるはずですよ」

なつめは佐和先生の言葉に、ごく素直な心持ちでうなずかされていた。

「今日は先生のお話を伺えて、ためになりました。ありがとうございました」

心からそう思えた。佐和先生の好きなものを探る目的が果たせたのはよかったが、それ以上に、佐和先生と出会えたことで、なつめ自身も大いに励まされた。

改めて礼と辞去の挨拶をしてから、なつめは佐和先生の屋敷を後にした。

郁太郎と亀次郎への返事はもう、胸の中にしっかりとしまわれていた。


その日、なつめは帰りがけに、金魚売りの場所を訪ねて行って、びいどろに入った美しい金魚の姿をしばらく愛《め》でた。それから、風鈴屋にも足を延ばし、風鈴形のびいどろを一つ買い求めると、照月堂へ戻った。

　さっそく、郁太郎と亀次郎に佐和先生の屋敷での話を伝えると、

「なつめちゃん、ありがとう。それじゃあ、金魚のお菓子で決まりだね」

と、亀次郎が言う。郁太郎もうなずいているのを確かめた後、

「どんな金魚のお菓子にしたらいいか、一つ考えがあるの。それを私から旦那さんにお伝えしてもいいかしら」

と、なつめは切り出した。

「なつめお姉さんがお父つぁんから出されていたお役目だね」

　郁太郎が勘のよいところを見せた。なつめがこのことで悩んでいたのも見抜かれていたのだろう。

「そうなの。これで、私のお役目もちゃんと果たせそうだから」

「うん、もちろんいいよ。亀次郎もいいよね」

「はい、よろしい」

　突然、亀次郎の口から漏れた聞き慣れない言葉に、なつめは面食らった。「馬鹿」と、郁太郎が亀次郎の頭を小突いている。

「何で馬鹿なんだよう。佐和先生の真似《まね》しただけなのにい」

　亀次郎が不服そうに兄を睨みつけながら言い返している。

「あら、佐和先生の真似だったのね」

なつめは笑い出した。確かにあの先生なら、そのような言い方をするかもしれない。亀次郎も怖い怖いと言いながら、物真似などをするところを見ると、ひそかに先生のことを慕っているのだろう。ただ、なついていく隙が相手にないから、どうしていいか分からないだけなのだろうと、なつめは思った。

こうして、なつめはその翌日、改めて久兵衛に佐和先生の屋敷での話をした。この時、風鈴屋で買い求めてきたものと、昨夜大休庵で描き上げた絵も一緒に見せた。

「なるほど、これを容れ物にするって算段だな」

なつめの描いた絵と、びいどろ製の器とを並べて見ながら、久兵衛が言った。なつめの絵は、びいどろの器に入った一匹の金魚が描かれたものだ。金魚の種類はもちろん、紅と白が美しく混じった更紗である。

「はい。先生のお宅の金魚は鉢に入れられていたのですが、それだと透けて見えません。でも、金魚売りの使うびいどろの器は見た目も涼しげですし、持ち運びにも便利でした。それで、菓子の器としても使えないかと思ったのです。ここに葛を流し込んで金魚の煉り切りを浮かせられないか、と——」

なつめが懸命に説明するのを聞きながら、

「葛は器の中の水ってことだな。それなら、見た目も口に入れた時も、葛独特のとろみを生かすといいかもしれないな」

と、久兵衛は応じた。

「まあ、菓子よりびいどろに金がかかっちまいそうな感じだがなあ」

久兵衛は苦笑を浮かべた。

「あ、そこは考えていませんでした。佐和先生への贈りものはそれでよくても、売り物にするのは難しいですね。すみません」

少し恐縮した様子でなつめが言うと、

「いや、そうでもないかもしれん」

と、久兵衛は思案げな目を宙にやって呟いた。

「しかるべき筋への献上のお品としちゃ成り立つかもしれねえ」

独り言のように言うと、なつめに目を戻し、

「子供たちの分も同じように作ってやりたいから、あと二つ同じものを買ってきてくれ。払いはぜんぶ店で持つ」

と、久兵衛は告げた。

「分かりました」

なつめが明るい声で返事をすると、久兵衛は「ああ、それから」と思い出したように続けた。

「菓銘の案はあるのか」

「見た目のままですが、〈びいどろ金魚〉ではいかがでしょうか」

「まあ、それがぴったりだな」

久兵衛はそう言って、うなずき返した。

六

それから半月が過ぎた、六月十六日の朝。

嘉祥の日の今日、江戸城で登城した大名衆に菓子が振る舞われることは、なつめもよく知っていたが、

「それは、もう何百年も前に朝廷で生まれた風習どすな」

と、了然尼から聞かされ、「何百年も前からの行事でしたか」と驚いた。

「嘉祥元年のことどす。仁明《にんみょう》の帝《みかど》が十六の数にちなんだ菓子や餅を神さまにお供えし、疫《えき》病《びょう》を祓《はら》う祈願をしたのが始まりや。今でも朝廷では、この日、主上《おかみ》にお菓子を差し上げるのを吉例として行っているはずどすえ」

「それが、江戸の御城では、公方さまからお菓子を頂戴する儀式に変わったんですね」

「そうなんやろなあ」

照月堂はんでも何かしはるんどすか――と訊かれ、なつめは笑顔でうなずいた。

「はい。〈嘉祥餅〉といって、十六個の小さなお餅を十六文で売るんです。これは、どこの菓子舗でもやってるそうなんですが、照月堂では吉を呼ぶ菓子ということで、〈子たい焼き〉と〈望月のうさぎ〉を十六で割り切れる四文で売ります。いつもより二文お安く、

でも吉は多めに、ということで」

「そうどすか。それはお客はんも楽しみどすなあ」

了然尼はなつめの様子を朗らかな笑顔で見つめながら言った。

それに、もう一つ。この日は楽しみがある。

なつめが〈びいどろ金魚〉と名付けた菓子を、久兵衛が作り上げ、郁太郎と亀次郎が佐和先生に届けるのだ。なつめはすでに試し作りの時に味見をさせてもらっていたが、井戸水で冷やして食べた葛菓子の何とおいしかったこと。ひんやりとした葛はほのかに甘く、食べるのがもったいないような金魚の煉り切りは、甘みもしっかりしているのに軽やかな味わいとなっている。とろんと喉を通る葛と違って、煉り切りは口中で溶けていくまでの食感を楽しめるのだ。

（佐和先生はどんなお顔をなさるかしら）

なつめ自身はそれを見ることはできないが、郁太郎と亀次郎が帰って来て、たぶん先を争うように報告してくれるだろう。それから二人にも久兵衛の作った〈びいどろ金魚〉が差し出される。それを食べた二人が何と言うか。

（どっちも楽しみだわ）

なつめは我知らずこぼれてしまいそうになる笑みをこらえながら、照月堂へと向かった。

「おいらたちの分もある！」

十六日、佐和先生の屋敷から帰って来て、思いがけず〈びいどろ金魚〉にありつけた子供たちは大満足の体《てい》であった。

「うちでも、金魚を飼ってよう」

亀次郎がそう言い出したのは、菓子を食べ終えてすぐのこと。

「佐和先生と同じようにするんだ」

と、駄々をこねている。

佐和先生は〈びいどろ金魚〉を目にした時、二人が本物の金魚を持って来たと思ったらしく、本当に吃驚していたらしい。その驚き方があまりに大仰だったので、逆に郁太郎と亀次郎の方が仰天してしまったのだとか。

その後は皆で大笑いになり、そんないつもと違う佐和先生に兄弟はまたまた吃驚。それから佐和先生はなつめの時と同様、睡蓮鉢の中の金魚を披露してくれたという。

「先生が飼ってる金魚の中で、さらちゃんは特別きれいでかわいいんだ」

亀次郎は得意げな口ぶりで言った。

「さらちゃんは更紗っていう金魚なんだって。金魚の体の色からつけられた名前なんだよ。赤だけのは素赤《すあか》とか猩々っていうんだ」

郁太郎も興奮気味の口調になって報告する。

「違うよ。尾っぽや鰭に白が混じっているのが『すあか』で、全身真っ赤なのが『しょうじょう』なんだ」

亀次郎が郁太郎に細かな駄目だしをした。

「分かってるさ。小さなことだから言わなかっただけだよ」

いつもと違う弟の態度に対し、郁太郎もいつになくむきになった物言いをした。

「まあまあ、佐和先生から教えていただいたの？」

おまさが二人の間に割って入ると、郁太郎と亀次郎はそれぞれおまさに目を向け、「うん、そう」とうなずいた。

「佐和先生っておもしろいんだ。金魚の話になると、すっごいおしゃべりになるんだよ」

亀次郎が嬉しそうに言う。そこは郁太郎も感動したところらしく、「そうそう」と大きくうなずいている。

「おしゃべりなだけじゃなくて、早口になるんだよ。寺子屋ではいつもゆっくり言い聞かせるようにしゃべるのにさ」

子供を叱る時でも、ゆっくりと落ち着いた声でしゃべるので、逆にそれが怖いらしい。

「だけど、さらちゃんの話をする時は違うんだ」

と言った亀次郎は、佐和先生の口真似をしてみせた。

『鉢の水はいっぺんにではなく、半分ずつ換えるのですよ。冬は大変骨の折れる仕事ですが、この子たちの世話だけは人任せにできません』

「よしなさい。先生の真似をするなんて」

亀次郎を注意しながらも、その取り澄ました声がおかしいらしく、おまさは笑いをこらえている。この間は「馬鹿」と注意していた郁太郎も明るい声で笑っており、なつめも初対面の時の先生の口調を思い出して笑ってしまった。

と、それを見澄ましたかのように、

「ねえ、金魚飼ってもいいでしょう?」

と、亀次郎が不意に話を元に戻した。

「でもねえ、金魚は生き物なの。生き物はちゃんとお世話しないと、弱ってしまうのよ。お前にそんなことできないでしょう」

おまさが諭したが、「お世話のやり方なら佐和先生が教えてくれた」と亀次郎は頑張った。

「まあ、先生はおくわしいようだから、金魚のお世話ってのがどのくらい大変なのか、もっとよく聞いてみてから考えりゃいいじゃねえか」

最後には久兵衛が言い、金魚の話はいったん切り上げられた。


その翌日のこと。

なつめが昼餉《ひるげ》を食べに厨房を出て仕舞屋へ行くと、亀次郎が昂奮《こうふん》しきった面持ちで寺子屋から帰って来た。後から入って来た郁太郎も昨日以上に昂奮した色を浮かべている。

「佐和先生がくれたんだ」

と言う亀次郎が手にふらさげていたのは、本物の金魚が入ったびいどろの器であった。

「あら。ええと、これは全身が真っ赤だから、猩々という金魚だったかしら」

なつめが佐和先生から教えられたことを思い出しながら呟くと、

「うん、そう。先生が昨日のお菓子のお礼にって、おいらたちにくれたの」

さらちゃんと同じ睡蓮鉢で泳いでいた金魚のうちの一匹だという。

「そりゃあ、何だか先生に悪いことしちまったみたいだなあ」

久兵衛が苦い顔つきで呟いた。

「亀次郎、先生の金魚が欲しいなんて、先生に言ったんじゃないでしょうね」

おまさが亀次郎に怖い顔をしてみせた。

「言ってないよ。おいらも先生と同じことをしたいなって言っただけだもん」

亀次郎が口をとがらせて抗議した。どうやら佐和先生は亀次郎のその言葉を聞き留め、願いを叶えてあげようと思ったらしい。

「先生、びいどろ金魚、すっごくおいしかったって。あんなにきれいでおいしい菓子を食べたことはないって言ってた。お礼は何がいいか迷ったんだけど、おいらたちが興味津々で金魚を見ていたのを思い出して、これにしたって言ってたよ」

横から郁太郎が口を添えた。

「それに、金魚を飼うのはそんなに難しくないから、心配しなくてもいいって言ってた」

餌《えさ》や水の換え方の注意書きをもらったと続けて、郁太郎がそれをおまさに渡す。

なつめはふと佐和先生の昔語りを思い出していた。それまで魚を育てたことのなかった佐和先生が、亡き夫と一緒に金魚を飼うと決めた時の話を――。

「名前はどうするの?」

なつめが尋ねると、もう決めてあったらしく、亀次郎が勢いよく口を開いた。

「さわちゃんがいいよ」

「よしなさい。いくら何でも、先生に失礼でしょう」

おまさが慌ててたしなめた。

「じゃあ、どうする?」

亀次郎が郁太郎を見上げて問う。

「そうだなあ。さわちゃんがだめなんだもんなあ」

郁太郎もその案に賛成だったのか、残念そうに呟いた。

「金魚なんだから、きんちゃんでいいじゃねえか」

菓銘への熱心さとは打って変わって、久兵衛が安易なことを言う。

「じゃあ、それでいいや」

亀次郎もすぐに納得したので、名前はきんちゃんということになった。

「それより、このままじゃきんちゃんが弱ってしまうわ。すぐに大きな器に移してあげた方がいいわね」

お水も半分換えてあげなくちゃ――そう言いながら、おまさは子供たちを庭へ追い立てて行った。

「〈びいどろ金魚〉はお前が一から考えて、菓銘まで決めた初めての菓子だな」

三人が慌ただしく去った後、不意に久兵衛が言い出した。菓銘だけを決めたことや、もともとある菓子にちょっと細工して別の菓子に見せたことはあった。が、何もないところから考え出したのは、確かに初めてである。

「苦労もしたろうが、いずれ〈びいどろ金魚〉を自分の手で作った時、それはお前の宝になる」

久兵衛は深みのある声で告げた。

自分で考え出した菓子を、自分の手で一から作り上げる――そんな日がいずれ来ると言われたことに、なつめは自分が菓子職人の道を歩んでいるのだという確かな自覚を持った。

そして、何より自分がこの道を歩む姿を、久兵衛がしっかり見ていてくれたことに、心からの感謝と感動を覚えていた。

第四話　水無月

一

郁太郎と亀次郎が佐和先生からもらった金魚「きんちゃん」は、市兵衛が買ってきた青緑色の睡蓮鉢《すいれんばち》の中で、元気に泳ぎ出した。ひらひらした真っ赤な尾ひれが実に優美に水の中を漂っている。

子供たちは寺子屋から帰って来るなり、しばらくの間は、この睡蓮鉢をのぞき込んで時を過ごすようになった。麩《ふ》が餌《えさ》になると佐和先生から聞き、まずはそれを用意したのだが、水面で口をぱくぱくさせる仕草がかわいくてたまらないという。初め金魚を飼うのを渋っていたおまさもそれを見るうち、子供たち以上にきんちゃんの虜《とりこ》になってしまったようであった。

「先生のお気持ちが分かる気がするわ」

おまさはなつめにも言った。

「本当にかわいくて。それに、すいすい泳ぐきんちゃんを見ていたら、暑さも忘れちゃうの。夏がもっと長くてもぜんぜん平気な気がするわ」

おまさの言葉にうなずきながら、なつめは改めて、暦上の夏はもう終わりに近付いているのだと気づいた。

嘉祥《かじょう》の日が終わって、六月の後半は末日の夏越《なごし》の祓《はらえ》までこれといった行事がない。夏も終わりかけた半月の日々は、どことなく忙《せわ》しげに過ぎ去っていくようだ。

（夏の間には、しのぶさんとちゃんとお話ししなくちゃと思っていたのだけれど……）

北村家からの注文が入って辰五郎が手伝いに来たり、思いがけず菊蔵と照月堂の皆で話をすることになったり、新しい夏の菓子を考えたり――いろいろと忙しなく過ごしているうちに、しのぶに会うのが先延ばしになってしまった。

しのぶもまた、父の言づて役を務めたきまり悪さからか、なつめを訪ねて来ることはなかった。最後に会ったのはもうふた月以上前のことになる。

氷川屋への引き抜きはあの時きちんと断ったし、なつめの決意が変わるはずもないことは、しのぶも分かったはずだ。ならば、その話はなかったことにして、また以前の二人に戻ればいいのだが、そううまくはいかない。

（それに、菊蔵さんのこともある）

久兵衛が菊蔵を誘ったわけではないにせよ、辰五郎がそれを勧め、菊蔵もすぐに辞退はしなかった。菊蔵はそのことをしのぶには隠しているだろうから、なつめの口から話すわけにはいかない。

　菊蔵はあの日、照月堂の饅頭《まんじゅう》を食べ、安吉が飴《あめ》を作らされた話を聞き、何を思ったのだろう。久兵衛の目指す道を共に進んで行きたいと思っているのか。

　それまで脇へ追いやっていたそうしたことが、ふと気になり始めた。

　菊蔵が照月堂へ現れたのは、ちょうどその頃、二十日の夕方のことであった。

「なつめさん」

　いつかのしのぶのように、菊蔵は庭に入る枝折戸《しおりど》の外に立っていた。仕事を終え、仕舞《しもた》屋《や》へ行こうとしていたなつめは、突然のことに驚いた。

「少しいいか」

「お話があるのなら中へ入ってください。旦那さんに知らせてきますから」

　先日の話だろうと思って言うと、「いや」と菊蔵は低い声で断った。

「今日はなつめさんに話があるんだ」

　菊蔵は庭へ入って来ようとはせず、そこで「なつめさんがお嬢さんから聞いた話の件だ」と続けた。

「それって、私を氷川屋さんにっていう話ですか」

　菊蔵が知っているとは思わなかったので、なつめは驚いて訊《き》き返した。

「そのお話なら、しのぶさんにお断りしましたが……」

「お嬢さんはともかく、旦那さんは納得してないんだ。もっと一生懸命説得しろとか、なつめさんの求めるものを訊いてこいとか、お嬢さんを急《せ》き立ててる。どう説得しても無理だって、お嬢さんは言ってるらしいんだが……」

「そんな……」

菊蔵の話を聞き、なつめも胸が痛んだ。なつめの気持ちを考え、父親からの求めを拒み続けてくれる友と気まずく別れたきり、何もしてこなかったことが悔やまれる。

「それで、俺がお嬢さんの代わりにその役を引き受けたんだ。お嬢さんは板挟みになって、苦しそうだったからな」

菊蔵の物言いは潔いものだった。

しのぶを助けてくれる者が氷川屋にいたことに、なつめはほっと安堵《あんど》した。その一方で、胸の片隅がかすかに痛む。

「俺もなつめさんの返事は分かってるつもりだが、旦那さんの前で引き受けちまった以上、こうして足を運んだわけだ」

もし望みがあるなら聞いてくるよう、氷川屋の主人から言づかっているという。

「望みなんてありませんし、氷川屋さんへ参るつもりもありません」

なつめは改めてはっきりと答えたものの、すぐに沈んだ表情になると、

「しのぶさん、私のところへ来てくれた時、私が思うよりもずっとつらかったんですね」

と、小さな声で呟《つぶや》いた。

「そうだろう。旦那さんのやり方は近くで見てるからな。お嬢さんの気持ちが俺にはよく分かる」

「菊蔵さんも今、やりたくもないお役目をやらされているのですね」

「俺が汚い役回りをするのは今に始まったことじゃない」

菊蔵は自嘲《じちょう》気味の声で吐き捨てるように呟いた。

「どういうことですか」

「前に、辰五郎さんを氷川屋へ引っ張ろうっていう時、俺が旦那さんの代わりに、辰五郎さんを説得しに行ったんだ。いや、脅しに行ったと言う方が正しい」

辰五郎さんから聞いていないのか——と、菊蔵はなつめに目を向けて訊いた。

「氷川屋さんからそういう話があったとは聞きましたが、菊蔵さんのことはまったく」

なつめは首を横に振った。

「俺を庇《かば》ってくれたんだろうな、辰五郎さんは——」

そうだとしたら、菊蔵が辰五郎を案じていた事情にも納得がいく。自分がさせられた役回りのことで、菊蔵はずっと罪の意識を抱いていたのだろう。

しのぶだけでなく菊蔵にまで、つらい思いを強いていたなんて——と、氷川屋の主人に怒りを覚えた。

氷川屋にいたら菊蔵は職人として潰されてしまうかもしれない、という久兵衛の言葉がよみがえった。菊蔵は照月堂に来た方が職人としてまっすぐ伸びる人だ、とも思った。

だが、その一方で、菊蔵が氷川屋を離れ、なつめも氷川屋へは行かないとなった時、しのぶがどんなに寂しく孤独な思いを味わうかと思うと、それもつらい。

正しい道だと分かっていても、それをまっすぐ進んで行くべきだと分かっていても、そこに迷いや悩みが生じないわけではない。正しい道をただまっすぐ進んで行くことの、何と難しいことなのだろう。

菊蔵にどんな言葉をかければいいのか分からない――と思った時、まるでその心の声を聞き取ったかのように、

「なつめさん、誰かいるのかい？」

と、後ろから声がした。柔らかく穏やかな声は市兵衛のものであった。

なつめが振り返りざま、横へ退いたので、菊蔵と市兵衛は互いの姿を目に留めた。

「大旦那さん」

「おや、誰かと思えば菊蔵さんかい？」

市兵衛はにこやかな笑みを向けた。

「その節はどうも。ご無沙汰《ぶさた》してしまいまして」

菊蔵は恐縮した様子で頭を下げた。その表情に一抹の気まずさが感じられるのは、ここへ来た用件に加え、自らの進退を決めかねている事情もあっただろう。

「少し暇があるなら、中へ入ったらどうだね？　久兵衛ももう厨房《ちゅうぼう》から引き揚げてることだろうし」

市兵衛はごく自然な調子で誘ったが、菊蔵の表情には困惑の色が浮かび上がった。確《しか》と返事のできないことが気にかかっているのだと、市兵衛もすぐに察したようであった。

「何も格別な話をしなくてもいい。ただ、お互い知らぬ仲じゃないんだし、ここまで来て顔を見せないってのも変な話じゃないかね」

市兵衛がそう言うと、「じゃあ、ご挨拶だけ」と菊蔵は硬さの取れた口調で応じた。市兵衛から目を向けられて、なつめは枝折戸を開けた。

菊蔵が庭へ入って来て、これから仕舞屋へ案内しようという時になって、

「まっすぐな麻も乱れることはある」

と、誰に言うともなく、市兵衛が呟いた。

「えっ、何のお話ですか？　もしかして占いの——」

と尋ねたなつめに、市兵衛ははっきりとは答えなかった。

「何、悪いことじゃない。こんがらがったものは、きちんとほぐせばいい。『快刀乱麻を断つ』って言葉もある」

とだけ言う。もしかして、市兵衛が今、こうして姿を現したのはたまたまではなく、占いで何らかの結果を得たためなのか。そして、それは「麻」にまつわるものだったのか。

麻といえば、「麻の中の蓬《よもぎ》」。かつて市兵衛が菊蔵を占って出した結果だ。曲がった蓬も麻の中で育てばまっすぐになる、という言葉は前向きに受け取れるが、その麻が乱れると は穏やかでない。だが、「快刀乱麻を断つ」と出たのなら、乱れた麻を断つ快刀があると

いうことか。

「それが、占いに出たのですか。『快刀乱麻を断つ』って」

なつめがもう一度尋ねると、この時の市兵衛は「いや、生憎《あいにく》」とあっさり首を横に振った。

「快刀が見つかるかどうかは誰にも分からないよ」

にこにこしながら言う市兵衛を前に、なつめと菊蔵はどちらからともなく顔を見合わせていた。

「じゃあね、なつめさん。菊蔵さんの案内は頼んだよ」

市兵衛は当惑顔の二人に頓着する様子もなく、枝折戸を出て行こうとする。

「え、大旦那さんはどちらへ？」

慌てて尋ねると、「何、ちょっとね」と市兵衛は応じた。

「きんちゃんが独りぼっちじゃかわいそうだって、子供たちが言うもんでね。ちょっと金魚売りのとこにでも行ってみようかってね」

そう言い置くなり、市兵衛はすたすた歩き出した。戸を出たところで道が曲がっているので、その姿はすぐに見えなくなる。

菊蔵が来たと察して、ここまで出向いてくれたと想像したのは、もしや考えすぎだったのか。

（私の頭の中が乱れた麻みたいだわ）

などと思いながら、枝折戸を閉めて菊蔵を見ると、呆気《あっけ》に取られた顔つきをしている。

なつめは気を取り直すと、

「どうぞ、こちらへ」

と声をかけ、菊蔵を仕舞屋へと案内した。

二

菊蔵を玄関口に待たせておき、なつめはまず久兵衛のもとへその訪問を知らせた。

先ほどの氷川屋の主人からの言づても話し、菊蔵から打ち明けられた辰巳屋とのやり取りのことも話した。

「ちょうど通りかかった大旦那さんが、旦那さんに会っていくよう、菊蔵さんに勧められまして、菊蔵さんも……」

「そうか。で、親父はどうした?」

「金魚売りのところへ行くとおっしゃって、外へ行ってしまわれました」

「何だって」

あきれたような顔をしたものの、「親父は他に何か言ってたか」と久兵衛は尋ねた。市兵衛が先ほど口にした含みのありそうな言葉を、なつめはそのまま伝えた。

「『麻が乱れる』に、『快刀乱麻を断つ』? そりゃあ、菊蔵に関わる話なのか」

「さあ、そこまでは何とも」

市兵衛は一言も菊蔵に関わるとは言っていないので、答えようがない。

「そうか」

久兵衛は考え込むような口ぶりで呟いた後、しばらく沈黙していた。

「あの、菊蔵さんをこちらへご案内してよろしいでしょうか」

なつめが尋ねても、久兵衛はなおも黙っていたが、ややあってから「いや、ここじゃねえ」とだしぬけに言った。

「おまさに言って襷《たすき》と前垂れを出してもらい、それを持って厨房へ行ってろ。菊蔵にも入っててもらえ」

久兵衛の突然の指示に、なつめはちょっとの間、当惑した。今の言葉からすれば、久兵衛は厨房で菊蔵に作業をさせるつもりかもしれない。まだ照月堂の職人でない者に、久兵衛がそのような指示を出すということは――。

そこまで考えた時、なつめは自分が〈最中《もなか》の月〉を売る算段を考えろと言われた時のこと、安吉が餡《あん》を作れと言われた時のことを思い出した。

「はい」

と、急いで答えたなつめはその足でおまさのもとへ行き、襷と前垂れを受け取ると、庭へ舞い戻った。仕舞屋の戸口の前に、菊蔵はいたが、その目は厨房の方を向いている。なつめに気づいて振り返ったその眼差《まなざ》しが、なつめの手もとに向けられ、怪訝《けげん》そうな色を帯びた。

「あの、旦那さんが菊蔵さんを厨房の方へ案内しろ、と――」

「俺を厨房に？」

菊蔵は瞠目《どうもく》した。なつめはうなずき、先に立って歩き出した。厨房の戸の前で振り返ると、菊蔵は困惑した表情を浮かべている。

なつめが「どうぞ」と勧めても、なおも思案するように足を動かさなかったが、ややあってから、「いや、いい」と菊蔵は言った。

「旦那さんがこれから来るんだろう。なら、俺はそれまでここで待つ」

その言葉に、なつめは一度開けた戸を再び閉め、外で久兵衛が来るのを待った。

夏になって日の暮れるのが遅くなり、厨房の後片付けを終えても日暮れまでには間がある。西へ傾いた陽射しは今も衰えることなく地上に降り注いでおり、日陰でなければ息苦しいほどであった。なつめは菊蔵の横顔を見つめた。すでに困惑の色はない。表情の乏しい整った横顔はしんと冷えた心地を、なつめに覚えさせた。

それから、どのくらい待っていたのか。なつめが汗ばんだ額に袖《そで》をそっと当てた時、仕舞屋から久兵衛が現れた。先ほどと同じ小袖姿で、厨房での筒袖を着ているわけではない。

「何だ、中に入ってなかったのか」

久兵衛はなつめと菊蔵を交互に見ながら言った。

「菊蔵さんがここで待つとおっしゃったので」

なつめが答え、菊蔵が黙って頭を下げる。

「話をちゃんと聞いてからじゃねえと、中へは入れねえか」

久兵衛が菊蔵の内心を見透かしたように呟いた。

「そうだな。うちの店へ来る覚悟もできてねえのに、厨房へは入れねえっていうお前は正しい。だから、もしうちへ来る気が丸きり無いのなら、このまま帰ってもらった方がいいかもしれん」

久兵衛の言葉に、菊蔵は息を呑《の》んで固まっていた。その口から返事は出てこなかった。

久兵衛はしばらくの間、黙って待ち続けた。ややあって、

「このまま……帰りたくはないです」

菊蔵の口からかすれた声が漏れた。「そうか」と久兵衛は落ち着いた声で応じた。

「なら、続きを話そう。前にも言ったが、俺はお前の覚悟を知りてえ」

菊蔵が顔を上げて久兵衛を見た。

「旦那さんが目指す菓子の道を、共に歩む覚悟のことですか」

「そうだ」

久兵衛はおもむろに告げた。それから菊蔵に先んじて、

「けど、それをお前の口から聞く気はねえよ」

と、すかさず言う。

「人は嘘《うそ》や方便を口にする。覚悟ができていても、できてねえとしか言えねえこともある

だろうし、その逆もある。だから、口じゃなく腕に聞きたい」

「腕に?」

「腕といっても、技の腕前だけじゃねえよ。菓子への思いも覚悟も、経験や才覚も全部ひっくるめてだ。作ったもんを口に入れりゃ、そいつがどんな職人なのか、俺には分かる」

揺るぎのない口ぶりで、久兵衛は言った。

「前に、安吉をうちの店に入れる時には、餡を作らせた。お前には餡を作ってもらおう」

「餡を――」

菊蔵の声は緊張していたが、それほど驚いた様子ではなかった。

「お前の腕に、俺の欲しいものがなけりゃ、それで終わりだ、何も悩むことはねえ」

久兵衛は淡々と告げた。

「お前にうちへ来てもらいてえとなったら、それから悩め。無論、受けるかどうかは、お前が決めることだ」

「分かりました」

顔を引き締めて短く答える菊蔵にうなずき返すと、久兵衛はなつめの手もとに目を向け、

「それを渡してやれ」

と、告げた。なつめは黙って菊蔵に襷と前垂れを渡した。

「ありがとうございます」

久兵衛となつめに礼を述べ、菊蔵はそれらを受け取った。なつめは黙って厨房の戸を開

け た。

久兵衛がまず中へ入り、なつめは菊蔵に続けて入るよう、目で促した。菊蔵は少し顎《あご》を引いてから、厨房へ足を踏み入れた。なつめもその後に続く。

久兵衛は明日使うために用意してあった小豆《あずき》の入った笊《ざる》をつかみ、前へ押し出した。

「これを半分使っていい」

久兵衛は菊蔵に告げた。

「どの季節にどのくらい水に漬けるかってのも、職人の技の一つだが、今回はこれで作ってもらう。いいな」

「分かりました」

菊蔵は低い声で答える。動揺した様子はなかった。

久兵衛はそれからなつめに目を向けると、「お前は菊蔵から使う道具を聞き、それを出してやれ」と告げた。さらに、菊蔵に渡した分の小豆を補充したら厨房を出るように――となつめに命じ、久兵衛は厨房を出て行った。

久兵衛の背中が見えなくなると、菊蔵は袖をまくって襷で縛り、前垂れを身に着けた。

それから、厨房の中をざっと見回す。鋭い眼差しが調理台の上の菜箸《さいばし》やへら、包丁、すりこ木棒などの上に据えられた。

「そちらの道具類はお使いください。棚に置かれた鍋などは、どれを使っていただいても大丈夫です」

そう告げた後、他に必要なものはあるかと尋ねると、甘味料の類を見せてほしいと菊蔵は答えた。なつめはそれらの置かれた棚を示し、白砂糖、黒砂糖、甘ずらの蜜、水飴、唐三盆の入れ物をそれぞれ説明する。

唐三盆について話す時だけ、一瞬躊躇《ちゅうちょ》した。これはまず小豆の餡には使わないだろうし、唐三盆を使う主菓子《おもがし》を作っていることが、菊蔵に知られることになるからだ。だが、久兵衛がそれを承知していないはずがなく、ただ淡々と告げることに努めた。

菊蔵は唐三盆の説明を受けても顔色一つ変えず、「もう大丈夫だ」と告げた。

なつめはうなずくと、菊蔵が自分の使う小豆を選《え》り分けるのを待ち、明日店で使う小豆を補充してから、厨房を出た。

日は先ほどよりもずっと大きく西に傾いており、菊蔵が餡作りを終える頃には、もう沈んでいるだろう。

だが、ここで帰る気にはとてもなれなかった。菊蔵が餡を作り終え、それに対して久兵衛がどう応じるのか、最後まで見届けたい。なつめは厨房の戸口を振り返り、菊蔵が小豆を扱い始めたらしい物音をじっと聞いていた。

菊蔵が餡を作り終え、仕舞屋へ声をかけてきたのは暮れ六つ（午後六時）の鐘が鳴って少しした頃であった。辺りはすでに夕闇が立ち込めており、仕舞屋の居間ではすでに行灯《あんどん》を点《とも》している。ほとんど口を開かず座り込んでいる久兵衛の傍らで、なつめも同じように座っていた。

途中、厨房の行灯に火を入れてやるよう、久兵衛から言われ、なつめは一度だけ厨房へ向かった。菊蔵は餡を煉《ね》っているところと見えたが、声をかけても返事はなく、手の動きも止まらなかった。なつめは黙って行灯に火を入れると、仕舞屋へ戻った。

　その時、久兵衛からはもう帰れと言われたのだが、いさせてほしいと頼み込んだ。

「日が暮れるまでだ」

と言われたので、暮れ六つの鐘が鳴った時はここまでかとあきらめがちに思った。が、急かされないのをよいことに、あと少しだけ――と居座り続けていると、

「できました」

と、菊蔵が現れたのだった。菊蔵の作った餡はこし餡で、子供の拳くらいの大きさの塊が皿に盛られている。

久兵衛は黙って皿を受け取ると、添えられていた匙《さじ》で少し掬《すく》い取り、口に含んだ。そして、皿をなつめに渡した。こんな時にと思いつつも、なつめは期待に胸を弾ませながら、菊蔵の拵《こしら》えた餡を一口掬って舌の上にのせた。

小豆の風味が心地よい餡だった。控えめな甘みは上品で、久兵衛の味わいに通じるものであると、すぐに分かる。

「これは氷川屋の餡じゃねえな」

口の中の餡がすべて溶け切るのを待って、久兵衛は静かな声で呟いた。

「はい」

菊蔵は久兵衛の目をしっかりと見つめ返して答えた。

「なら、お前が独自に拵えたいと思った味わいか」

久兵衛の問いかけに、菊蔵は「いえ」と短く答えた。

「もうお気づきでしょうけど」

と、前置きした後で、菊蔵は改まった様子で口を開く。

「照月堂さんの餡により近付こうと思って作ったもんです。勝手なことをしましたが、旦那さんの目指す道を知るためには、それが一番の近道だと――」

「いや、かまわねえ」

と、久兵衛は続けた。

「たぶんお前は俺の目指す道がもう分かってんだろう。この餡で分かる」

その声には温もりがこもっていた。

「どれだけ悩んでもかまわねえよ」

久兵衛はさらりと告げた。

――お前の腕に、俺の欲しいものがなけりゃ、それで話は終わりだ、何も悩むことはねえ。

先ほどの自らの言葉に対する返答だった。

「うちがこの話をどこかに漏らすことはねえから安心しろ。自分から言わねえ限り、お前が氷川屋で居心地の悪い思いをすることはない」

　氷川屋に残るという道を選んだ時、菊蔵の道が安泰だとはっきりと告げた後で、「だがな」と久兵衛は声の調子を変えて続けた。

「もしお前がうちへ移ると決めた時、氷川屋の出方を気にしてるんだとしたら――」

　菊蔵は無言で目を見開き、一言も聞き漏らすまいという様子で久兵衛を見据えている。

「それは、考えの外にやっていい」

　久兵衛は菊蔵の耳に深く刻み込むような調子で告げた。

「安吉の件で揉《も》めた結果、氷川屋との競い合いになったのは、お前も承知のはずだ。その後も氷川屋とは角突き合わせるようなことが続いている。そんな中、お前がうちへ来れば、氷川屋がお前自身、もしくはうちの店に何か仕掛けてくるんじゃないかと不安だろう」

　太腿《ふともも》の上に無造作に置かれていた菊蔵の拳が、その時、ぎゅっと強く握り締められた。

「だが、氷川屋は何もできないはずだ」

　久兵衛の言葉に、この時だけは菊蔵の口から小さな声が漏れた。驚きがその表情にはっきりと浮かんでいる。

「今はうちにも後ろ盾になってくださる方がいる、ということだ。だから心配はするな」

　心強い言葉だった。北村家のことを言っているのだ、となつめは察した。

　この日、菊蔵は最後まで確とした返事をすることはなかった。

三

なつめを大休庵まで送って行ってほしいと久兵衛から頼まれた菊蔵は、二つ返事で了承した。照月堂で渡された提灯《ちょうちん》を菊蔵が持ち、二人で暗い道をゆっくりと進んで行く。

「照月堂の旦那さんはああ言ってくれたが……」

照月堂を出てからずっと続いていた沈黙を、最初に破ったのは菊蔵だった。

「さっきの餡、なつめさんはどう思った?」

真摯《しんし》な物言いだった。それに対し、自分もきちんと答えたいとなつめは思った。

「滑らかさが少し足りない気がしましたが、これは小豆を一晩水に漬けていなかったためだと思います。お味については、控えめな甘さが旦那さんの味みたいだと思いました」

「そうか。俺にとって、照月堂の旦那さんの味は、何ていうか、品があって優しくて、気位が高いってのとはちょっと違うんだが、でも馴《な》れ馴れしい感じでもなくて……」

言葉を探すふうにしゃべっていた菊蔵は、

「ああ、もう何を言ってんのか、自分でも分からなくなっちまった」

と、途中で言い出すなり、空を仰いだ。緊張から解き放たれたせいか、大仕事をこなした充足感からか、いつもよりずっと親しげで、くだけた様子に見える。なつめはにっこり笑いながら、

「言葉で言い表すのは難しいですよね」

と、言ってうなずいた。

「でも、何となく分かるような気がします、菊蔵さんの言いたいこと。気位が高いわけじゃないけれど、繊細で味わい深くて。それを知ろうとすればするほど、どこまでも深いところまで連れて行ってくれるような奥深さが、旦那さんのお味にはあるんですよね」

「なつめさんはうまいこと言うんだな」

なつめの言葉を聞くうち、自分の言いたいのがそういうことだったと分かったような気がする——と、菊蔵は感心したような様子で呟いた。

「言葉をよく知ってるからか、頭がいいからか」

そういえば——と、菊蔵は思い出したように続けて言う。

「お嬢さんから聞いたけど、学のある尼さまのもとで暮らしてるんだってな」

「それはその通りですけれど、だからといって、私が学があるとか頭がいいということにはなりません」

気さくに返したなつめに、菊蔵は明るい声で笑い返した。それから、ふっと笑いを収めると、

「さっき旦那さんから餡を作れって言われた時、どんな味にしようか、本当は迷ったんだ」

と、急に呟いた。

「氷川屋さんでいつも作っている味にしようか、迷ったということですか」

なつめが尋ねると、菊蔵は首を横に振る。

「いや、それは考えもしなかったよ。ただ、俺の生まれた家は菓子屋でさ、そこで作ってた餡を拵えてみようかという気持ちが一瞬よぎった」

「……そうでしたか」

菊蔵の生家が浅草の喜久屋であることを、なつめは知っている。そのことを黙っているのが心苦しくなって、なつめは「喜久屋さんのこと、知ってました」と小さな声で打ち明けた。

辰五郎から聞いていたことも打ち明けると、菊蔵は「そうか」とうなずいた。

「なつめさんはお嬢さんと浅草へ行った時、喜久屋の話を聞いてたんだもんな」

「はい」

「辰五郎さんも知ってたってことは、照月堂の旦那さんも知ってるんだろうな」

菊蔵は独り言のように呟いた後、「気まずく思うことはないさ」となつめに言った。

「店がつぶれるまでにはいろいろあったが、俺は喜久屋の餡が好きだった……はずなんだ。けど、今日いざ思い浮かべようとしてみたら、俺は喜久屋の餡の味を思い出せなかった」

「思い出せなかった？」

「どうしてかは分からねえ。好きだったって記憶と、あれはうちの店を裏切った職人の味だっていう気持ちが綯《な》い交ぜになってたのは確かだが……」

「それは、もしかしたら……」

なつめが意識せずに足を止めると、菊蔵もまた同時に足を止めていた。

「今日のところは別の餡を作りなさいっていう、神さまの思《おぼ》し召しだったのかもしれません」

「そうか」

菊蔵はなつめに少し驚いたような目を向け、それからまぶしそうに目を細めた。

「そういうふうに考えればいいんだな」

菊蔵はさばさばした声で言うと、再び前方に目を向けて歩き出した。

「思ったことを口にできるってのはいいもんだな。こんなこと、話すつもりはついさっきまでなかったんだが」

「菊蔵さんはあまり思ったことを口にしないのですか」

「別にわざと隠してるってわけでもないが、何でも正直に打ち明けられる相手ってのは、そうそういるもんじゃないだろ」

「……そうかもしれませんね」

と応じつつ、自分もまた、友であるしのぶにすべてを打ち明けているわけではないなと、なつめは思っていた。

何でも正直に語り合うというのは、気を許した友だち同士でも難しいものなのだと、改めて思う。そのことに一抹の寂しさを覚えながら、なつめは話を変えた。

「安吉さんはそういう相手ではなかったのですか」

なつめの問いかけに、菊蔵は「あいつはそうだなあ」と苦笑しながら呟いたものの、懐かしそうな声で続けた。

「氷川屋の職人の中ではめずらしく、裏表のない奴だった。誰もが皆、周りの連中には負けられねえって思ってる中、あいつだけは違ってた。どうもとんちんかんで、人を怒らせたりいらつかせたりすることは多かったけどな」

「そうでしょうね」

「憎めない奴っていうのかな。だけど、俺は心の中じゃ、あいつを見下してたんだと思う。あいつに、照月堂さんのことを教えたのは俺だし、あいつが店を移った時も何とも思わなかった。けど、旦那さんの〈菊のきせ綿〉を食べた時、あの菓子のすばらしさに打たれたんだ。それまでも照月堂さんの菓子は食べたことがあったけど、あれは店で売る菓子とは全然違う。格別だった。正直思ったよ。安吉なんかを行かせるんじゃなく、俺が行っときゃよかったってな」

菊蔵の口は滑らかだった。

「それから、あいつが江戸を去ったと聞いて――」

そこまで語った時、菊蔵はふと思い出した様子で、口を閉ざすと、再びなつめの方に目を向けた。

「そういや、前に話をした時にははっきりと聞かなかったけど、安吉は京へ修業に行った改めて菊蔵から問われ、別に隠さなくてはならないことではないと思い、なつめはうなずいた。

「今は、あちらの菓子屋さんで修業をしているはずです。厨房の仕事だけじゃなく、お店の客あしらいなどもやらされているそうですが」

「へえ。あいつが客あしらいねえ」

意外そうな声を出したものの、菊蔵はそのことについて感想は述べなかった。代わりに、

「俺もできるなら、いつか京へ行きたいと思ってたんだ」

と、ぽつりと告げた。それについてはどう答えていいか分からず、

「そうですか。照月堂の旦那さんは京で修業をなさったことがあるそうです」

とだけ、なつめは言った。

「ああ。そうだろうな」

菊蔵は納得した様子でうなずいた後、

「俺はいつか、喜久屋を俺の手で立て直したいと思ってる」

と、それまでになく力のこもった声で続けた。

「すばらしい夢だと思います」

なつめは力強い声で応《こた》えた。

「そんな大したもんじゃないさ」

菊蔵の声には自嘲するかのような響きが混じっていた。

「俺は喜久屋を立て直して、店をつぶした連中に見せつけてやりたかっただけだ。それに、親父の店から職人を引き抜いた大店《おおだな》を憎んでもいた」

「今もそうなのですか」

なつめは気がかりそうな眼差しを、菊蔵の横顔に向けて問う。

「分からねえ」

菊蔵は前を向いたまま、ゆっくりと首を横に振った。

「けど、この間から、照月堂の旦那さんの下で働いていれば、自分が正しい道に行けるような気がしてきてる」

「そういえば、あの時、大旦那さんがおっしゃっていましたね、『麻の中の蓬』って」

そう言ってから、なつめは口をつぐんだ。先に思い出したのは確かに「麻の中の蓬」だったが、その一瞬後、今日聞いたばかりの「麻が乱れている」という言葉も思い出したからであった。

だが、菊蔵はさほどこだわる様子も見せず、

「あれは曲がりやすい蓬が俺で、まっすぐな麻が旦那さんだろうな」

と苦笑いしながら言った。

「どうでしょうか。今日の大旦那さんは、麻が乱れているともおっしゃっていましたし」

菊蔵のさばさばした様子に救われた気分がして、なつめは自然とそう口にすることができ

きた。

「麻が乱れちまったとすりゃあ、それは……」

しだいに沈みがちになった菊蔵の声は、ぽつんと途切れた。その沈黙を埋めるかのように、なつめの胸の中にふっと言葉が浮かんでくる。

――菊蔵さんは、本当は照月堂へ来たいのではありませんか。

できることなら尋ねてみたい。だが、返事を聞くのが怖くなってもいた。なつめが言葉を呑み込むと、

「なつめさんもまっすぐな麻だな」

不意に菊蔵が言った。

気がつくと、菊蔵の眼差しが自分に注がれている。菊蔵の足は止まっていた。なつめも足を止める。

――あなたはもうすでに自分の好きな道を歩んでおられる。険しい坂や凸凹《でこぼこ》した道もあるでしょう。けれども、まっすぐに進んでください。

菊蔵の言葉に、先日聞いた佐和先生の言葉が重なって聞こえた。

まっすぐに歩んで行きたいと思う、どんなに難しいことだとしても。それが、佐和先生の言うように、自分のためだけでなく周りの人を力づけることになるのであれば、その方がもっと嬉しいだろう。

（菊蔵さんと一緒に、旦那さんの背中をまっすぐ追いかけて行くことができるなら、どん

なにすてきなことかしら）

そう思ったまさにその時、

「なつめさんと一緒に、旦那さんの下で働けたらどんなにいいだろうな」

と、菊蔵の声が耳に流れ込んできた。菊蔵はなつめに向かって静かに微笑《ほほえ》むと、再び前を向いて歩き出した。

時が止まってほしいと感じたのは、自分一人だったのだろうか。速まる胸の鼓動を感じながら、なつめは後を追った。足もとがふわふわと頼りなく感じられた。


菊蔵に大休庵まで送ってもらい、彼の持つ提灯の火が見えなくなるまで見送ってから、自分がどのように時を過ごしたのか、まったく覚えていない。

気がつくと、すっかり夜の更けた大休庵の庭先で、ぼんやりと小さな明かりを見つめていた。

「蛍、どすなあ」

ひっそりとした了然尼の声に、なつめはようやく我に返った。

「了然尼さま！」

慌てて振り返ったなつめに、了然尼は「しっ」と指を立てて唇の上に置く。

「大きい声を出さはったら、蛍が逃げてしまいますよって」

ささやかな声で言う了然尼の目の中に、蛍の光が美しく浮かび上がっていた。なつめはゆっくりと向き直り、視界の中に蛍を見出した。

今の今まであの蛍をじっと見つめていたはずなのに、そのことにも気づいていなかった。迷い蛍だったのだろう、しばらくの間、大休庵の庭をうろうろと飛んでいたが、やがてどこかへ飛び去ってしまった。

「何を思いながら、蛍を見てはったんどすか？」

蛍の光が見えなくなってから、了然尼がやはりそれまでと同じささやかな声で尋ねた。

なつめは先ほどまでの自分を思い返した。だが、何を思い、何を考えていたのか、思い出せない。

「……分かりません」

途方に暮れた声で、そう答えるしかなかった。

了然尼はなつめの返事を聞くなり、ふふっと小さな笑い声を立てた。

「今日、帰って来てからのなつめはんは、魂があくがれ出たようどしたからなあ」

「あくがれ出た――？」

聞き慣れない言葉だと思えるのだが、どこかで聞いたことがあるようにも感じる。首をかしげていると、

「こん歌を聞いたことはありまへんか」

了然尼はそう言って、一首の歌を口ずさみ始めた。

もの思へば沢の蛍もわが身より　あくがれ出づる魂《たま》かとぞ見る

「もの思いに耽《ふけ》っていると、沢の蛍も我が身から彷徨《さまよ》い出た魂のように見える、という意味どすなあ」

ちょっと怖いお歌ですやろ――と続ける了然尼の言葉に、なつめは息を呑み、無言でうなずいていた。

歌そのものは聞いたことがある。確か作者は、恋の歌を多く詠《よ》んだことで知られる和泉《いずみ》式部《しきぶ》であった。それと知っていたせいか、当時は「ああ、これも恋の歌か」と思うだけであった。

だが、どうしてだろう。今宵は気軽にそう思えない。

了然尼の言うように、どこか怖くて空恐ろしい。

なつめはふと、蛍もいなくなった真っ暗な闇の中に取り残されてしまったような心細さに襲われた。夜空の星が限りなく遠く感じられる。

（どうしたというのだろう。了然尼さまとご一緒だというのに）

取りすがりたいような心地で、なつめは了然尼の方に顔を向けた。

「昔、蛍を見ながら、こん歌を思い出したことがありました。不思議なくらい心に沁《し》みましてなあ。じいっと思いに耽っているうち、こん歌を作ったのは自分なんやないかと勘違いしてしもたくらいや。深う深う心が吸い込まれていくようやった」

「その時、了然尼さまはどんなことを思っておられたのですか」

なつめはすかさず尋ねていた。

「遠い昔のことや。そん時のわたくしは――」

了然尼の声がふと闇の中に溶け入ったように聞こえた。次の瞬間、

「恋をしておりましたのや」

という言葉が、闇の中からするりと忍び寄ってきた。

四

その日、氷川屋へ帰った菊蔵は、一人だけ遅い夕餉《ゆうげ》を済ませると、主人一家の住まいまで足を運び、勘右衛門への取り次ぎを願った。もう遅いので断られるかと思ったが、中の部屋へ通された。

しのぶに代わって、なつめの説得に照月堂へ赴いたことは、勘右衛門も知っている。その報告に出向いたのだが、

「夜分恐れ入ります」

と、まず挨拶だけした菊蔵の顔を見るなり、

「説得はできなかったのだな」

と、勘右衛門は先に言った。

「はい。今後も考えが変わることはないそうです」

お力になれず申し訳ありませんでした――と頭を下げる菊蔵に、勘右衛門は「まあいい」とあっさり言った。

「あの店の連中はいずれも頑固者だ。大方、そんなところだろうと思っていた」

照月堂の人々について語る時だけは不愉快そうに眉を寄せたものの、それを長く引きずる様子は見せなかった。

「しのぶが自分で思っているほど、なつめという娘は、しのぶに情けも恩も感じてなかったということだろう。自分が頼めば、考えを変えてくれるのではないかと、しのぶは期待していたようだがな。それを思うと、私も娘が哀れに思えてくる」

勘右衛門はいかにも裏切られた娘に同情している、というふうに言う。

(お嬢さんはそんな期待はしていなかっただろう)

むしろ、父である勘右衛門が考えを変えてくれるのを期待していただろうが、そうはならなかったということだ。ただ、しのぶが哀れだというところだけは、菊蔵もまったく同感だった。

「照月堂の女職人の件はもういい」

勘右衛門はそう言い捨て、表情を改めた。その目が意味ありげにじっと菊蔵に据えられている。

菊蔵は思わずどきりとした。

まさか、自分が照月堂へ移るかどうか、悩んでいることに感づかれたのか。だが、そんなはずはないと思い直す。この話はまだ外へ漏れようはずがなかった。

それとも、今日、照月堂へ足を運んだ自分の帰りがあまりに遅かったことで、何か不審でも抱かれたのだろうか。

だが、問いただされたら、ちょっと寄るところがあったと答えれば済む話だ。そもそも、今回のお役は主人の命令ではなく、菊蔵自身がしのぶの役目を肩代わりしたものである。勘右衛門とてとやかく言いはしないだろうし、まさか、菊蔵が照月堂の厨房で餡を作っていたとは想像もつくまい。

菊蔵は内心の動揺を押さえ込み、勘右衛門から目をそらさなかった。

「ところで、しのぶのことなのだが」

勘右衛門の話は菊蔵の思ってもいなかった方へ進んでいった。

「お嬢さんの――?」

「うむ。この度、お前がしのぶに代わって、照月堂の女職人の意向を訊きに行ってくれたのは、しのぶを思いやってくれてのことだろう」

「それは、そうですが……」

話がどこへ向かおうとしているのか、分からぬまま菊蔵は応じた。

「私も父親として、娘が大事にされているのを見れば嬉しい」

「奉公人が主人のご一家を大切にするのは、当たり前のことです」

菊蔵は慎重に答えた。

「そうか。では、お前はこの度のことも、主人の娘であればこそ、しのぶのために行動したというわけだな」

「その通りです」

「しかし、この度のことは、よくよくしのぶの内心を知り得なければ申し出ようのない話だ。私はしのぶに、仲良くしている娘のところへ行って、説得して来いと言っただけなのだからな。ふつうに聞けば、何もしのぶにとって大変な役目でもなければ、つらい役目でもない」

「それは……」

「だが、しのぶがあの娘と私の板挟みになっていることを、お前は知っていた。だから、自分が代わると言い出したのであり、しのぶもそれをありがたいと思ったはずだ。つまり、お前はしのぶ自身から内心の悩みを聞いており、ゆえに助けたいと思った——そういうことなのであろう」

菊蔵は何とも返事ができなかった。

「それは、ただ主人の一家を大切にするというのとは違うのではないか」

という勘右衛門の言葉が、どことなく粘りけを帯びた響きと共に、菊蔵の耳にねじ込まれた。

主人は何を言いたいのだろう——菊蔵はなおもよく分からなかった。しのぶが菊蔵を相手に本心を語ってくれるのは事実であり、菊蔵も隠すつもりはない。そのことが勘右衛門の気に障ったのだろうか。勘右衛門の目には、菊蔵がしのぶをたぶらかしているように見えたということか。

それは違う。自分はただお嬢さんを気の毒に思っているだけだ。疚《やま》しいことなど何一つない。問いつめられた時は、その本心をありのままに述べればいい――と、菊蔵が心を決めたその時、

「お前に一つ尋ねたいことがある」

勘右衛門が改まった様子で訊いた。待ち構えていたように、菊蔵は顎を引いた。

「お前はしのぶの婿となって、この氷川屋の主人になろうという気はあるか」

「えっ、今、何と――」

菊蔵はあまりの思いがけなさに、うろたえた声で訊き返した。

「しのぶの婿になる気があるかと尋ねたのだ」

「お、俺――いや、わたしがですか」

なおも動揺を隠し切れないでいる菊蔵に、勘右衛門はゆったりとうなずき返した。

「もちろん、菊蔵、お前のことだ」

菊蔵は返す言葉が出てこなかった。

「知っての通り、うちはしのぶが婿を取って跡を継ぐことになる。婿には同じような商家の倅《せがれ》か、菓子職人のどちらかを迎えるつもりだった。無論、氷川屋を盛り立ててくれる者

でなければならない。しかし、私とて人の親だ。娘の気持ちを考えないわけではない」

それはどういうことかと、勘右衛門の言葉をいったん頭の中でかみ砕くだけの暇が必要だった。十分な時を費やして思いめぐらした結果、

(それは、お嬢さんが俺を婿にしてもいいと考えてるってことか?)

というところに行き着いた。

確かに、しのぶは自分のことを気に入らないわけではないだろう。それは、態度を見ていれば分かった。だが、こうした大店の跡取り娘であれば、夫を自分で選ぼうという考えなど持つはずがない。仮に淡い恋心のようなものを、しのぶが自分に抱いていたとしても、夫婦になることとは話が別だ。それが道理であり、菊蔵自身も同じだった。

恋心を抱いたところでどうにもならない立場の娘――言ってみれば、しのぶに対してはそういう見方しかしていなかった。だから、突然、このような話を持ちかけられても返事のしようがない。

「じっくり考えてくれればいいし、この話を私から店の者に漏らすこともない」

と、勘右衛門は告げた。

「この手の話は公になれば、お前からは断れなくなる。話を受けるか、店を出て行くか、どちらかしか選べなくなってしまうからな。だが、この話がまとまらなくとも、お前には職人としてうちに留まってほしい。重蔵親方から仕事ぶりについては聞いている。お前はしのぶの婿になろうとなるまいと、親方になれる器だ」

その時は、余所《よそ》の家から商いを任せられる男を婿に迎えるつもりだ——と、勘右衛門は続けた。

菊蔵の立場からすれば、破格の扱いである。しのぶの婿となれば親方兼主人となれるのであり、縁談を断ったとしても親方にしてくれるというのだから。勘右衛門が自分をここまで買ってくれていると知り、菊蔵は驚いた。だが、

「ちょっとお待ちください」

勘右衛門の話に搦《から》め取られそうになるのを心のどこかで恐れながら、菊蔵は懸命に相手の話を止めた。

「今のお話は、お嬢さんのお気持ちに沿ったものなのですか」

菊蔵が尋ねると、勘右衛門は心外だという顔つきになった。

「はっきり言ったではないか。娘の気持ちを考えぬわけではない、と——」

「つまり、お嬢さんが承知しているということなのですか」

はなはだ疑わしいと分かっていながら、菊蔵はついしつこく訊き返してしまった。勘右衛門が娘の気持ちになどかまわず、事を進める姿をこれまでに幾度も見てきたし、しのぶ自身からも聞かされてきたのである。

「疑うのなら、しのぶに訊けばいい」

勘右衛門は観念したという様子で言った。

「ならば、お嬢さんと話をさせていただけませんか」

菊蔵は頼み込んだ。こんがらがった頭の中を、まずはすっきりさせたい。しのぶの気持ちを疑ったままでは、考えを先に進めることもできなかった。

だが、勘右衛門は苦笑を浮かべた。

「いくらお前でも、日も暮れてから娘に会わせろというのは無理がある」

そう切り返され、菊蔵はもう遅い時刻であることを思い出して、きまり悪さからうつむいた。

「しのぶの気持ちを訊きたいのなら、明日になってから、いくらでも訊いてくれればいい。本音で話ができるよう、私は同席しないでおこう。まあ、若い娘相手のことだ。あまり無粋な訊き方はしない方がいいだろう」

お前とてしのぶに嫌われたくはあるまい――薄く笑いながら勘右衛門が言う。だが、すぐにその笑みを顔から消し去ると、

「私は、お前がこの話を承知してくれたら、娘にとっても喜ばしいことだと思っている。ただ一つ、もしもお前が亡き親の店を再び興したいと思っているならば、それはあきらめてもらうしかない」

と、勘右衛門ははっきりと告げた。

「旦那さん……」

菊蔵は顔を上げて勘右衛門を見た。

無論、勘右衛門は菊蔵の素性を知っているのだが、これまで喜久屋再興の望みを誰かに

打ち明けたことなどない。だから、勘右衛門には語らずとも気づかれていたと知り、菊蔵は気づまりな心地を覚えた。

「そうしたこともあるから、じっくり考えてくれていいと言ったのだ」

勘右衛門の言葉に、菊蔵は「はい」と答えた。話はそれで終わりだった。菊蔵は挨拶して、勘右衛門の部屋を出た。

職人たちの寝泊まりする家屋へ行くには、庭を通らねばならない。外に出ると、頬《ほお》に触れてくる夜気が心地よかった。菊蔵は夜空の星を見上げながら、幾度か深呼吸をした。そうするうち、

（そういえば、俺は喜久屋を立て直したいって話を、人に打ち明けたばかりだったな）

と気づき、ふと笑いを漏らした。

昨日までは、本当に誰にも打ち明けたことがなかった。だが、今は違う。

（誰かに話したのは、なつめさんが初めてだった……）

どうして、顔を合わせたことさえ数えるほどしかない娘に、こんな大事なことを打ち明けたのだろう。そのことが菊蔵は自分でも不思議だった。

何でも正直に話してくれるしのぶにも、話せていないというのに。

菊蔵は主人の家屋を静かに振り返った。しのぶの部屋がどこにあるのかなど考えたこともなかったが、開け放った二階の部屋から行灯の火の漏れているのが目に留まった。

（お嬢さんには、俺が喜久屋の倅だってことさえ話したことがない）

しのぶが喜久屋の噂話《うわさばなし》を口にした時、よほど打ち明けようかと思ったのに言えなかった。

(お嬢さんも、今は知っているのかもしれないな)

菊蔵との縁談をしのぶも知っているのなら、勘右衛門がしのぶに打ち明けたことはあり得る。

(俺が黙ってたことを知ったら、お嬢さんはどう思うんだろう)

しのぶが傷ついたとしたら哀れだった。しのぶを悲しませたくないという気持ちは確かに自分の胸にある。それでも——。

菊蔵は部屋の明かりから目をそらし、再び夜空を見上げた。喜久屋を立て直したいと打ち明けた相手がなつめであったことを、悔やむ気持ちはまったくなかった。

翌朝早く、菊蔵は昨晩と同じように、主人の住まいへ足を運び、昼の休みに話がしたいという旨をしのぶに伝えてもらった。女中を通して、承知したというしのぶの返事を聞いた後、菊蔵は厨房へ入って、いつもの仕事に取りかかった。

小豆を水から上げ、粒の形や大きさを確かめていると、照月堂で小豆を扱った時のことが思い出された。昨日のことだというのに、ひどく遠い日の出来事のように感じられた。

やがて、兄弟子やら親方やらが厨房に入って来て、挨拶した時には、昨晩聞いた縁談のことが唐突に思い出された。忘れていたわけではないが、まるで自分のことではないように感じられた。

そして、菊蔵は親方をはじめとする職人たちを、どこか他人のように眺めた。

（俺があの縁談を受ければ、俺に対するこの人たちの態度は変わるのだろうな）

いずれは親方として、この氷川屋の厨房を率いていくことになる。そういう道が自分の前に開けているとは、昨日まで思ってみたこともなかった。

（いや、今はそのことは忘れよう。照月堂さんのことも）

しのぶのことも、なつめのことも。

そして、それからは、菊蔵はいつも以上に仕事に打ち込んだ。やがて、昼になり、休憩をもらった時には、何だかいつも以上に疲れているような気がした。

菊蔵は昼餉《ひるげ》を食べに行く前に、しのぶのもとへ向かった。

しのぶは玄関先に立って、菊蔵を待っていた。暑い季節だというのに、白地に朝顔の絵柄の小袖を着て立つしのぶは涼しげであった。その顔に笑みは浮かんでおらず、どこか緊張しているふうに見える。

「お話は中で聞いた方がいいかしら」

開口一番、しのぶは尋ねた。

「いえ、ここでけっこうです」

菊蔵は答えた。風もなく暑い日盛りだったが、中へ招かれれば気詰まりになる心地がした。しのぶは「そう」と応じただけで、さらに誘おうとはしなかった。

「お話は二つあります。昨日、照月堂さんに行って、なつめさんの返事を確かめてきました。氷川屋へ移る話はお断りするそうです。旦那さんにももうお伝えしました」

二つある話のうち、一つ目はすぐに伝えた。しのぶも「そうだろうと思っていました」と、ごく淡々と応じただけだった。ただ、その後、

「なつめさんはどうしていらっしゃいましたか」

と、少し心配そうな眼差《まなざ》しを向けて尋ねた。菊蔵はなつめとのやり取りをありのままに話し、なつめがしのぶのことを案じていたと告げた。

「なつめさんには本当に申し訳ないことをしました。いずれきちんと謝るつもりです」

しのぶはしっかりした口ぶりで言い、菊蔵には自分に代わってつらい役目を引き受けてくれた礼を述べた。

一つ目の話はあっさり終わってしまった。

「それで、もう一つのお話とは何ですか」

しのぶから問いただされるまで、菊蔵はそれを切り出すことができなかった。

「お嬢さんにお訊きしたいことがあります」

意を決して言ったものの、声が掠《かす》れた。

「昨晩、旦那さんより聞きました。その、縁談のこと」

しのぶはわずかに目を下に向け、黙ってうなずいた。しのぶが同じ話を聞いていることはそれで分かった。あの話は決して勘右衛門の独断というわけではなかったのだ。

「旦那さんはよく考えるようにおっしゃってくださいました。俺もそうするつもりです。

ただ、お嬢さんが承知なさったのかどうか、俺はそれが気にかかって」

「承知しなければ、父さまがその話を菊蔵にするわけがないでしょう？」

しのぶの声はかすかに震えていた。どことなく恨めしい気持ちがこもっているようにも聞こえたが、それは気のせいで、ただ緊張しているだけかもしれなかった。

「なら、いいんです。俺はその、旦那さんがお嬢さんのお気持ちを置き去りにして、勝手に話を進めているのではないかと思って。その、辰五郎さんやなつめさんの引き抜きの話みたいに」

「これは、そういうお話とはまったく違うわ」

しのぶの声は悲しげに聞こえた。

「……そうですね」

と、菊蔵は相槌《あいづち》を打ったものの、それ以上どう話を続ければいいのか分からなかった。しのぶはうつむいたまま顔を上げようとしない。

「その、お嬢さんは小さな菓子屋のおかみさんになりたいっておっしゃってましたよね。旦那さんにその話をなさったんですか」

何を話せばいいか分からぬまま、菊蔵の口は動いていた。

「話せるわけがないわ。それこそ、父さまは聞く耳をお持ちにならないでしょうし」

「そ、そうですね」

と、菊蔵はまたしても同じ相槌を打つしかできなかった。

「でもね、それでもいいと思ったの」

不意に、しのぶは顔を上げて言った。

じっと菊蔵を見据えるしのぶの双眸《そうぼう》は、いつになく強い光を宿していた。女人の目をこれほどきれいだと思ったのは初めてだった。そう思う一方、少し逃げ出したいような気持ちが一瞬、心をよぎっていったのも事実だった。

「菓子を作る菊蔵を支えながら、これから先暮らしていけるのなら」

「でも、それはお嬢さんの夢とは違ってるんじゃ……」

菊蔵が言いかけると、しのぶはそれを遮るように首を小さく横に振った。

「私、何となく分かっていたの。菊蔵がいつか氷川屋を出て、自分のお店を持ちたいと思っていること」

思いがけないしのぶの言葉に、菊蔵は「えっ」と小さな声を上げた。

「その、喜久屋さんのことを知ったのは、父さまから縁談を持ちかけられた時よ。だけど、私はそれよりずっと前から、いずれ菊蔵が開いたお店のおかみさんになりたかったの。それが、私のいちばん進みたかった道。でもね」

しのぶは言葉を閉ざし、潤みを帯びた目でじっと菊蔵を見つめた。

「氷川屋を継がなければならない私には、その道は選べないでしょう?」

瞬きをすれば、滴が零れ落ちてきそうなしのぶの目から、菊蔵は目がそらせなかった。

(じゃあ、お嬢さんはずっと前から、この俺のことを――)

菊蔵は息を呑んだまま、返事をすることができないでいた。

五

六月の下旬になると売り出される菓子〈水無月《みなづき》〉を、照月堂の厨房で作り始めたのは六月二十日からである。

「水無月は知ってるんだろう」

久兵衛から訊かれ、なつめは「はい」と答えた。

「毎年、三十日に了然尼さまと食べておりましたので」

「夏越《なごし》の祓《はらえ》の日に食べるのが正式な食べ方だ」

と、久兵衛は満足そうに言った。もっとも、どの菓子屋でも六月半ばくらいから少しずつ出し始めるのだが、照月堂では二十日から店に出す予定だという。

当日には、北村家からの注文も入っているそうで、三十日とその前日には、辰五郎にも手伝いを頼んでいるという。

「水無月はもともと京の菓子だが、由来は知っているか」

久兵衛の問いかけに、なつめはうなずいた。それも、前に了然尼から教えてもらったことがある。

「昔、宮中やお公家さまのお家では、暑気払いのため三角の氷を食べていたそうです。ですが、ふつうの人は氷を食べられないので、三角の氷に似せた菓子を作って代わりに食べるようになった、それが水無月です」

「ああ、今では夏越の祓の日に、穢《けが》れを祓う意味で食べられる菓子だ。これはさほど難しい技の要《い》る菓子じゃないから、作り方をしっかり覚えておけ」

久兵衛に言われ、なつめは明るい声で「はい」と返事をした。

水無月の特徴は、三角のもちもちした食感の生地の上に小豆をたっぷりとのせていることである。小豆は潰さないでそのままのせるので、皮の破れにくい大粒の大納言がふさわしい。

生地の方は粳米粉《うるちまいこ》、葛粉《くずこ》、寒ざらし粉を決められた分量で混ぜ、これに砂糖も加えて水に溶かし、しっかりと捏《こ》ねる。それを四角い容器に入れていったん蒸した後、別に甘く煮た大納言を上に敷き詰めてから、再び蒸せば出来上がりだ。

水無月は夏の暦の最後の日に食べるので、今ではもう暑気払いの意味はないのだが、それでも冷やして食べるのがおいしい。

「舌触りが他の餅菓子とはまったく違いますね」

久兵衛がまず試しに作ったのを味見させてもらい、なつめは顔を綻《ほころ》ばせながら言った。

夏に人気のふるふるした葛菓子の食感ともまた違う。

「その兼ね合いは粉の配分だ。この菓子の出来不出来はそれでほぼ決まる」

久兵衛の言葉にうなずき、なつめはどの粉をどれだけ入れるか、しっかりと頭に刻み込んだ。大納言を煮る作業はなつめも手伝ったが、これはつぶ餡を作る時より神経を使う。何より大納言をのせた時の美しさも、この菓子の特色である。特に美しい形の粒を使い、少しでも皮が破けていたりしてはならない。

「うーむ」

味見をしていた久兵衛が少しうなるような声を出した。なつめが目を向けると、

「この生地のところは……」

久兵衛がそこを指さしながら続けて言う。

「粉を水で溶かして蒸し上げるから、こういう薄墨色になるんだが、これは氷を模したことの名残なんだろうな」

「そうですね。氷のように透けて見えるってわけにはいきませんけれど」

久兵衛はいっそう氷に似せた水無月を作りたいのかもしれないと、なつめは思った。

(より透き通った感じにするためには、葛の量を多くすればいいのかしら)

いや、葛は透き通った菓子によく使われるが、分量の塩梅《あんばい》を変えてしまえば、このほどよい食感が崩れてしまうだろう。葛よりもっと透明度が高くて、他の粉の邪魔にならない食材を見つけることができれば、この水無月もまた改良できるのかもしれない。

なつめがそんなことを考えているうち、久兵衛もいろいろと考えていたらしい。

「少し色をつけてみると、見た目の楽しみが増えていいと思うんだがな」

久兵衛の独り言のような呟きを聞き、なつめは自分の考えの方向が師匠とまったく違っ

ていたことに気づいた。

「小豆と合うものがいいな」

そう呟いた後、久兵衛は「抹茶を加えてみるか」と言い出した。

「若葉色の生地になりますね」

なつめは水無月のその姿を思い浮かべ、思わずそう口にした。小豆の色が引き立つ上、涼しげな仕上がりにもなりそうである。

「味わいは変わるだろうが、風味はいいはずだ」

取りあえず試してみるぞ——久兵衛の張りのある声に、なつめは「はい」と明るく返事をした。


試してみると、抹茶を煉り込んだ生地に小豆をのせた水無月は、見た目も美しく風味もよかった。それで、照月堂ではこれも新たに売り出すことになったのだが、ふつうの水無月と区別するため、新たな菓銘をつけるべきかどうか、皆で頭を悩ませた。

「〈若葉水無月〉ってのも悪くはねえが、春の菓子みたいだな」

夏の終わりの菓子には合わないだろうと、久兵衛はこの菓銘に乗り気でない。これは、北村家へ納める菓子にも加える予定なので、おいそれと安易な菓銘はつけられないという。

「店で売る際には、やはり名前があった方がいいのですが……」

太助は菓銘をつけてほしいと粘った。

「〈春告草《はるつげぐさ》〉は紅白それぞれ作って、〈春告草・紅〉〈春告草・白〉で出してただろう。あれと同じでどうだ?」

「そうは言いましても、〈水無月・茶〉では、茶色と勘違いされそうですし、〈水無月・青〉といっても、空の青色じゃありませんしなあ」

「なら〈青色水無月〉〈青水無月〉でもだめか」

呟きながら、久兵衛はどれもしっくりこないという表情を浮かべている。

「それならば、〈青葉水無月〉でどうでしょうか」

なつめが言うと、久兵衛は「そうか」と迷いの晴れた顔つきになった。

「青葉は夏のものだしな」

「はい。夏そのものといった言葉を加えることで、夏を惜しむ気持ちをこめた菓銘にもなると思います」

「いいですね、〈青葉水無月〉」

太助もじっくりと嚙《か》み締めるように、ついたばかりの菓銘を口にして、満足そうに笑みを浮かべた。

「よし。それじゃあ、青葉水無月も三十日までに少しずつ出していこう。その売れ行きを見て、夏越の祓に出す配分を決める」

久兵衛の言葉で、ふつうの水無月を店で売り出したのに二日遅れて、青葉水無月も店に置かれるようになった。初めは慣れないものに手を出しかねていた客も、現物を見ると、その生地の色の美しさに惹《ひ》かれ、買っていく者も増えてきたという。

それを受け、三十日には青葉水無月を一に対し、ふつうの水無月を二の割合で作ることになった。北村家へ納める菓子も同じ割合にするという。さらに嬉しいことに、北村季吟に師事するという武家の屋敷からも、水無月の注文が入ったので、久兵衛はそちらの仕事に専念することになった。店で売る水無月の方は、辰五郎となつめの分担である。

二十九日には辰五郎もやって来て、水無月作りに加わり、さらに忙しくなる翌日の手順をなつめと確認し合った。

そして迎えた当日。

久兵衛は北村家等に納める菓子を作り終えると、自らそれを持って出かけて行った。店に出した水無月も売れ行きは順調である。

なつめは事前に六つ、持ち帰るための水無月を取り分けてもらうことにしていた。ふつうの水無月を三つ、青葉水無月を三つ。帰る時まで井戸水で冷やしてある。

すべての菓子作りを終え、最後の水無月を店へ運んだ時には、

「ああ、ちょうどよかった。そろそろ前のが売り切れるところでしたからね」

と、太助から笑顔を向けられた。これで最後だと告げると、

「それなら、間違いなくすべて売り切れになりますな」

と、太助は言った。

それから、厨房へ戻って後片付けを終えた頃には七つ（午後四時）も過ぎていたが、昼

過ぎから出かけた久兵衛はまだ帰って来ない。辰五郎となつめは厨房を出て、仕舞屋へと赴いた。すると、おまさが二人の子供たちと一緒に出掛ける仕度をしている。

「どちらかへお出かけですか」

めずらしい様子に、なつめが尋ねると、

「茅の輪《ちわ》くぐりをするんだ」

と、おまさより先に亀次郎が答えた。

「今日は夏越の祓ですものね」

半年の穢れを祓うため、茅の輪をくぐる風習である。この日、神社には大きな茅の輪が据えられているのだった。

「お仕事が終わったのなら、辰五郎さんとなつめさんも一緒にどうかしら。うちの人からは仕事が終わったら帰っていいと言われているのでしょう？」

おまさの言葉に、子供たちは喜んだ。

「行こうよ、辰五郎さんもなつめお姉さんも」

郁太郎から誘われ、辰五郎は「それじゃあ、そうさせてもらおうかな」と言い出した。

なつめも心惹かれたが、

「私は、水無月をなるべく早く持ち帰りたいので、茅の輪くぐりはご遠慮します」

と、答えた。

「そうねえ。大休庵の方々とお出かけになるかもしれないし」

おまさはうなずいたものの、子供たちはがっかりした様子を見せた。しかし、辰五郎が一緒に行くと言ったためか、すぐに笑顔を取り戻している。

なつめは井戸で冷やしておいた水無月を取り出し、持ち帰れるよう紙で包んだ。大休庵用に四つ、それとは別に二つ。

帰り仕度を調《ととの》え、おまさたちと一緒に家を出る。

途中で神社へ行く四人と別れ、なつめは大休庵への道を急いだ。

つい先日、この道を送ってくれた人が面影に立つ。お礼をしたいと思った時、菓子を届けることしか浮かばなかった。そして、その人は自分のそんな気持ちを分かってくれるだろうと思える。

「なつめさんか？」

出し抜けの声に驚いて足を止め、顔を上げると、その人が本当に目の前にいた。

「菊蔵さん――」

なつめは茫然《ぼうぜん》と呟いていた。

六

「大休庵からこの前通った道をたどって行けば、出くわすんじゃないかと思ってたが、本当にうまく行き合わせるとはな」

菊蔵はこれまでなつめが耳にしてきたものよりずっと、和やかな声で言った。

「照月堂へ御用でしたか」

もしや、先日の返事をしに来たということだろうか。思わず息を呑んだなつめに、

「いや」

まだ心が決まってないんだと、菊蔵は告げた。なつめは思い出したように、一つ深呼吸した。

「今日はなつめさんにちょっと用があったんだが……」

その用向きについてはすぐに言おうとせず、菊蔵の口は閉ざされた。

「大休庵へ行ったのなら、そこで待っていてくだされればよろしかったのに」

「いや、それじゃ、なつめさんに迷惑がかかるかもしれないと思ったしな」

とにかく会えてよかった――と、菊蔵は続けた。

「少し暇はあるかな」

という菊蔵の言葉に、なつめは大丈夫ですとうなずいた。

「それは、大休庵へ持ち帰る菓子だろう。急がなくて平気か」

菊蔵はなつめの手にした包みに目を向けて問う。

「もう日暮れも近いですし、すぐに傷むことはないと思います。中身は水無月ですから」

なつめが答えると、「水無月か。そうだよな」と菊蔵は納得したようにうなずいたものの、少し微妙な表情を浮かべた。だが、なつめが「何か？」と尋ねると、「何でもない」

と菊蔵は首を横に振った。

「この近くに、神社はあるかな」

菊蔵は話を変えて尋ねた。

「それなら——」

なつめは少し考え、富士神社があると答えた。大体庵で下働きをしているお稲《いね》が前にそこで、火難除《よ》けのお守りをもらって来てくれたことがある。

「じゃあ、茅の輪くぐりをしにそこへ行かないか。まだだろう？」

菊蔵の誘いに、なつめは心持ち緊張しながらうなずいた。

夏の最後の今日、菊蔵に菓子を届けたかった。そのために茅の輪くぐりはあきらめたのだが、思いがけず菊蔵から誘ってもらい、なつめの心はいつになく弾んだ。

道を知るなつめの案内で、二人は富士神社への道を歩き出した。

「照月堂さんでも水無月を出したんだな」

歩きながら、菊蔵が尋ねた。

「はい。六月の下旬から少しずつ売り出して、今日はたくさん出しました。氷川屋さんも？」

「ああ。うちは三日前からの売り出しだが、今日はよく売れたらしい」

「今日、水無月を食べると、穢れを祓えるんですよね」

「ああ。茅の輪くぐりもな」

「はい」

何ということのない言葉を交わしているだけだというのに、それらは胸の中にきらきらと輝きながら降り積もっていく。どういうわけか、胸がいっぱいで、先の言葉がうまく続かない。ややあってから、

「なつめさんにも悪いと思ってる」

菊蔵が突然言い出した。何のことか分からず、なつめは菊蔵の横顔に目を向けたが、菊蔵は前方へ目をやったまま続けて言う。

「照月堂に移るかどうか、俺が煮え切らないせいで落ち着かないだろう？」

「煮え切らないだなんて……。決断するのに時がかかるのは当たり前です。私はその、菊蔵さんが私の……兄弟子になってくださったら、本当に嬉しいですけれど」

先日、照月堂で一緒に働けたらいい――と言った菊蔵に対し、なつめは何とも言葉を返せなかった。あの時、言えなかった言葉を、こうしてちゃんと言えたことにほっとする一方、思い切ったことを口にしてしまい、きまり悪さも覚える。

ぎこちない笑みを浮かべるなつめに、菊蔵は「ありがとう」と静かな声で告げた。

その後、菊蔵は黙り込み、なつめも口をつぐんでいた。だが、言葉を交わさないでいる間も居心地悪い感じはせず、むしろこのひと時が大事に思えてくる。

ほどなくして、目指す富士神社に到着した。日暮れ間近ではあったが、茅の輪くぐりをするために訪れた人々の姿がある。親に連れられた子供のはしゃぎ声も聞こえた。

「まずは、茅の輪くぐりを済ませよう」

という菊蔵の言葉に、なつめはうなずいた。

茅《ちがや》を束ねて大きな輪にしたものが社殿の前に据えられており、人々が笑顔でその輪をくぐり抜けている。

「左回りからでいいんだよな」

菊蔵が確かめたのに対し、なつめは「はい」と笑顔で答えた。

「左、右、左の順でいいと思います」

まず、拝礼した後、左足から左回りに茅の輪をくぐる。戻って来たら、拝礼の後、右足から右回りに茅の輪をくぐり、三度目は左回り。そして、神前へ進んで参拝をする。茅の輪をくぐる時には歌を唱えることになっていた。

水無月の夏越の祓する人は　千年《ちとせ》の命延ぶといふなり

夏越の祓をすることで、穢れを祓い、無病息災を願う歌である。

菊蔵が先に茅の輪をくぐり、なつめがそれに続いた。三度、茅の輪をくぐった後、なつめが終わるのを待っていた菊蔵と並んで神前へ進み、拝礼して手を合わせる。

祈願を終えた後、菊蔵はなつめを茅の輪から少し離れた隅の方へ誘った。

「今日は、なつめさんにこれを渡そうと思って来たんだ」

菊蔵はそう言いながら、袂から紙包みを一つ取り出した。

「それは……」

「氷川屋で出した水無月だ。そう聞けば、嫌な気がするかなと思いはしたんだが……」

少し躊躇《ためら》いがちに言う菊蔵に、「そんなことはありません」となつめは告げた。

「菊蔵さんも拵えたのですよね」

「ああ。今日は俺も一から一人でやらせてもらえた」

「余計に嬉しいです。ありがたく頂戴します」

なつめはそう言って、菊蔵から水無月を受け取ると、

「実は、私も同じことを考えていて……」

と、もともと手にしていた小さな方の紙包みを差し出した。

「照月堂の水無月なんです。辰五郎さんが手伝いに来てくれて、一緒に作りました。といっても、私は主に小豆を煮ることしかしてないんですけど」

少しうつむきながら言うと、「水無月の小豆は一番目につく大事なところだ」と、菊蔵は真摯《しんし》な口ぶりで言った。

「俺もありがたくいただくよ」

菊蔵はなつめの差し出した紙包みを受け取った。

「せっかくだから、一緒に食べられるといいんだが」

菊蔵の呟きを聞き留め、

「それなら、門前の茶屋にまだ入れるかもしれません」

行ってみませんか――と、なつめは弾む声で言った。日が暮れてしまえば、茶屋は閉まってしまう。

「遅くなってもかまわないのか」

菊蔵が気がかりそうに尋ねた。

「私はここから近いですから。あ、でも菊蔵さんは遠足《とおあし》ですし、早くお帰りにならないといけませんよね」

「いや。俺は平気だ」

菊蔵はすぐに答え、「行こう」と言うなり、先に立って歩き出した。

鳥居を出ると、茶屋の客はもうまばらであったが、まだやっている。なつめと菊蔵は急いで茶を注文し、縁台に座った。そして、茶が来るまでの間に、それぞれ手にした紙包みを開いた。

「これは……生地が青いのか」

照月堂の水無月の片方を指さしながら、菊蔵が少し驚いた声を出した。菊蔵が持ってきた氷川屋の水無月はふつうの白っぽい生地のものが二つ入っている。

「はい。あるものを生地に混ぜたんです。菊蔵さんならすぐに分かると思いますけれど」

謎かけをするような口ぶりで言うと、菊蔵も楽しげな表情を浮かべた。

「色を見て、すぐそうじゃないかと思ったものはあるが、食べてから答えを言うことにするよ」

そう話しているうちに、茶が運ばれてきた。受け取った茶碗をいったん台の上に置くと、改めて菓子を包み紙ごと掌にのせ、黒文字を手に取る。

菊蔵が最初に黒文字を入れたのは、青葉水無月の方であった。一口食べ終えた後、菊蔵はすぐに、

「やっぱり、これは抹茶を混ぜたんだな」

と、答えた。

「おっしゃる通りです。青葉水無月といいます」

そこで、なつめは初めて菓銘を明かした。

「青葉水無月か。抹茶の風味が思っていた以上に強く出ていて、茶の湯をやってる人ならすぐに気づくだろうな。それに、思っていた以上に小豆と合う」

「私もそう思いました。濃茶《こいちゃ》の風味が口に残って味わい深いですよね」

なつめは笑顔で答えた。

「やはり、照月堂の旦那さんはすごい人だな。ずっと先を歩いてる人だと思うのに、またこれでさらに先へ行かれちまった」

菊蔵は青葉水無月を食べ終えると、感慨深い口ぶりで言った。

久兵衛の後をついて行きたい——そう考えているのが伝わってくる。だが、そう決断できない何かが菊蔵にはあるのだろう。氷川屋への恩義だろうか。それとも、他に……。

だが、それが何にせよ、菊蔵が本当に心の底から望む道を選び取ってほしいと思う。

氷川屋の、いや、菊蔵が作った水無月は、照月堂のものより柔らかく、するりと喉を通っていった。大粒の大納言もふっくらとして、小豆の風味もしっかりと伝わってくる。なつめはそうした感想を伝え、最後に「とてもおいしかったです。ごちそうさまでした」と礼を述べた。

夏越の祓に水無月を食べれば、災いを逃れられる——進むべき道を前にした菊蔵の迷いが晴れてくれればいいと、なつめは願った。

そして、頼んだお茶を飲みながら、同じ日に同じ贈りものを思いついた相手への不思議さに想いを馳《は》せた。菊蔵が同じように感じてくれるのなら、嬉しさはさらに募る。

「なつめさん、実はさ」

菊蔵がそれまで手にしていた茶碗を置くと、どことなく改まった様子で言った。声はそれまでになく緊迫していた。つられてなつめも緊張する。

わざわざ会いに来てくれた理由は、まだ他にあったのか。だとしたら、店を移ることに関わる話か。

(もしかして、菊蔵さんはあのお話を断るつもりで……?)

菊蔵の言葉の続きを聞くのが怖かった。それでも不安を鎮め、何とか「はい」と小さな声で応じたなつめに、菊蔵は目を向けた。その口が何かを言わんとするようにかすかに震えた。が、

「いや、何でもない」

息を詰めて待つなつめに、菊蔵は首を横に振りながら、そう言っただけだった。その後、小さな溜息が菊蔵の口から漏れた。

「よろしいのですか」

気がかりを隠し切れないなつめを余所に、菊蔵は「いいんだ」と再び言った。その眼差しがなつめから離れていき、なつめの目には菊蔵の横顔が映る。

角度によって冷たく見えるその横顔は、なつめの知らない苦悩を抱えているように見えた。

引用和歌

◆もの思へば沢の蛍もわが身より　あくがれ出づる魂かとぞ見る（和泉式部『後拾遺和歌集』）
◆水無月の夏越の祓する人は　千年の命延ぶといふなり（読人知らず『拾遺和歌集』）

参考文献

◆金子倉吉監修　石崎利内著『新和菓子体系』上・下巻（製菓実験社）
◆藪光生著『和菓子噺』（キクロス出版）
◆藪光生著『和菓子』（角川ソフィア文庫）
◆清真知子著『やさしく作れる本格和菓子』（世界文化社）
◆宇佐美桂子・高根幸子著『はじめてつくる和菓子のいろは』（世界文化社）
◆『別冊太陽　和菓子歳時記』（平凡社）

編集協力　遊子堂

本書は、ハルキ文庫のために書き下ろされたフィクションです。

時代小説文庫
し 11-9

びいどろ金魚《きんぎょ》 江戸菓子舗《えどかしほ》 照月堂《しょうげつどう》

著者 篠《しの》 綾子《あやこ》

2019年 5月18日第一刷発行

発行者 角川春樹

発行所 株式会社 角川春樹事務所
〒102-0074 東京都千代田区九段南2-1-30 イタリア文化会館

電話 03(3263)5247[編集] 03(3263)5881[営業]

印刷・製本 中央精版印刷株式会社

フォーマット・デザイン&シンボルマーク 芦澤泰偉

本書の無断複製(コピー、スキャン、デジタル化等)並びに無断複製物の譲渡及び配信は、著作権法上での例外を除き禁じられています。また、本書を代行業者等の第三者に依頼して複製する行為は、たとえ個人や家庭内の利用であっても一切認められておりません。定価はカバーに表示してあります。落丁・乱丁はお取り替えいたします。

ISBN978-4-7584-4259-6 C0193 ©2019 Ayako Shino Printed in Japan

http://www.kadokawaharuki.co.jp/[営業]
fanmail@kadokawaharuki.co.jp[編集] ご意見・ご感想をお寄せください。